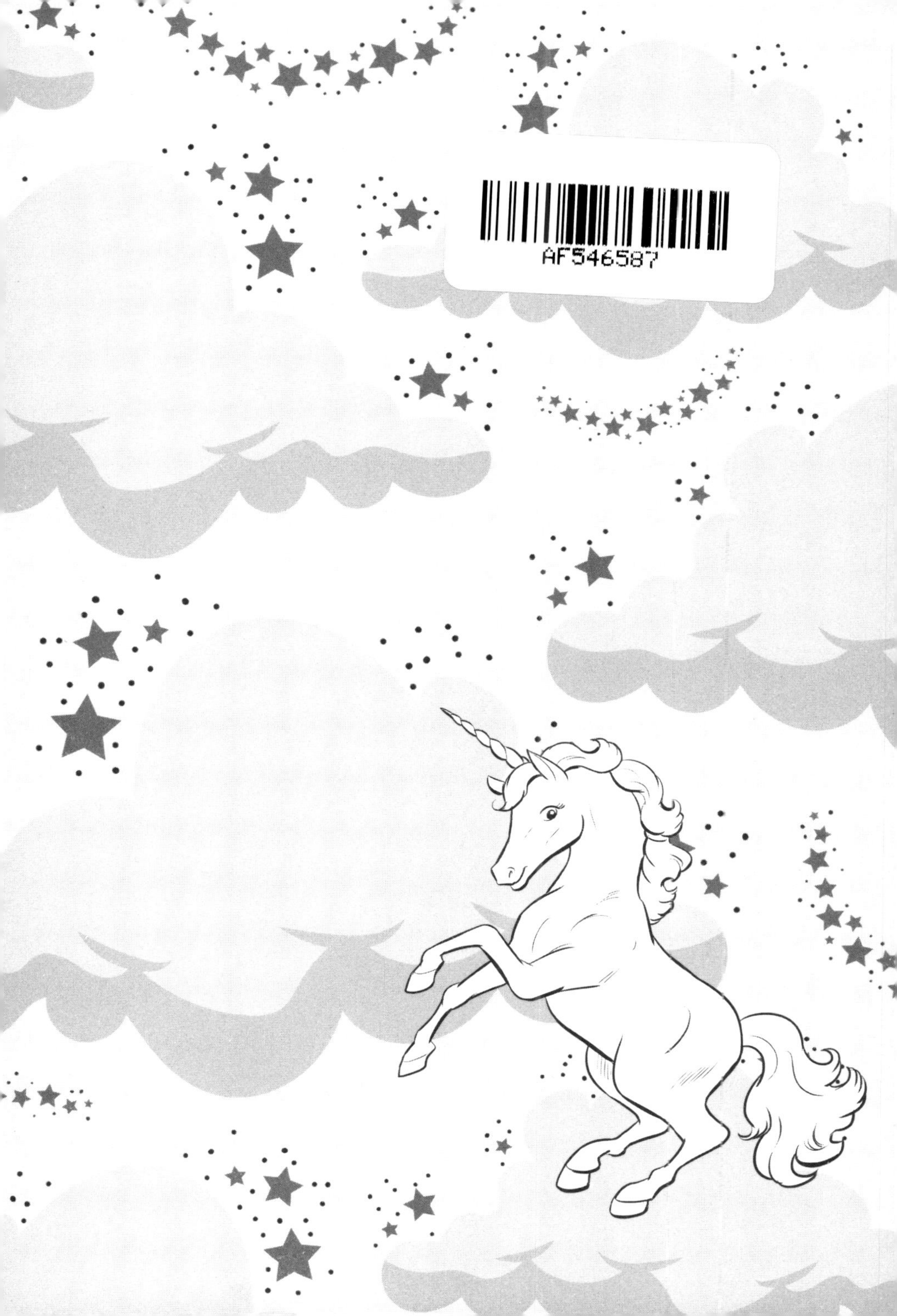

Daisy Meadows

Im Zaubertal der Einhörner
Feuerfünkchen

Bisher erschienen:

Band 1: Feuerfünkchen
Band 2: Schimmerhauch

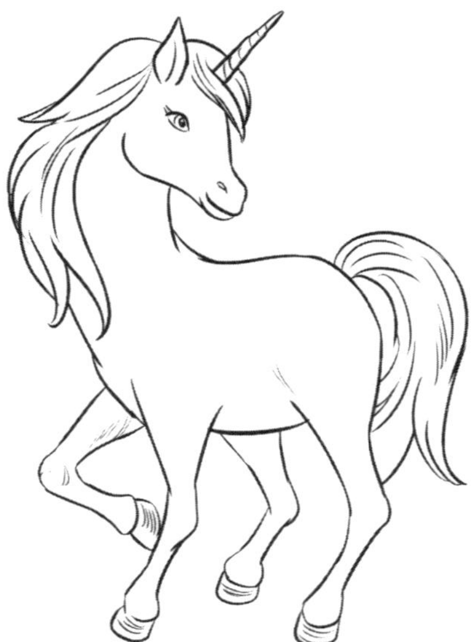

Daisy Meadows

Im Zaubertal der Einhörner

Feuerfünkchen

Band 1

Aus dem Englischen übersetzt
von Nadine Mannchen

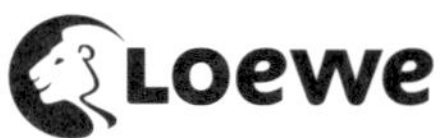

Mit besonderem Dank an Conrad Mason

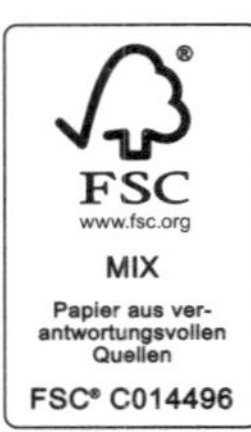

ISBN 978-3-7432-0749-3
1. Auflage 2021
erschienen unter dem Originaltitel Unicorn Magic – *Dawnblaze Saves Summer*

Erschienen in der Originalserie Unicorn Magic

Aus dem Englischen übersetzt von Nadine Mannchen
Umschlaggestaltung: Ramona Karl
Printed in the EU

www.loewe-verlag.de

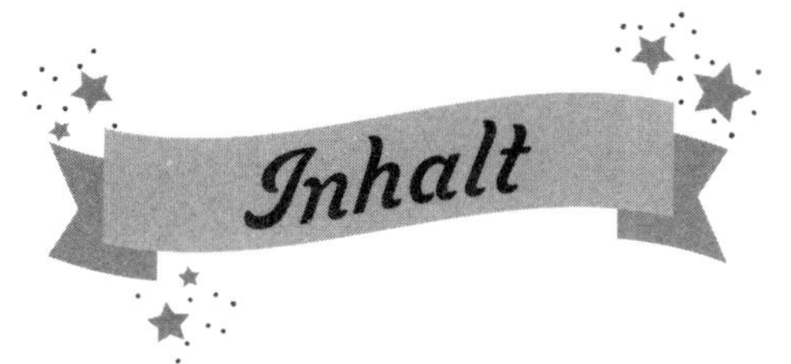

Ein Pferd auf dem Dachboden 17
Königin Aurora 27
Wunder über Wunder! 37
Selenas großer Auftritt 53
Der Funkelberg 63
Der Stinketrank 79
Ewiges Eis 89
Wahre Freundinnen 99

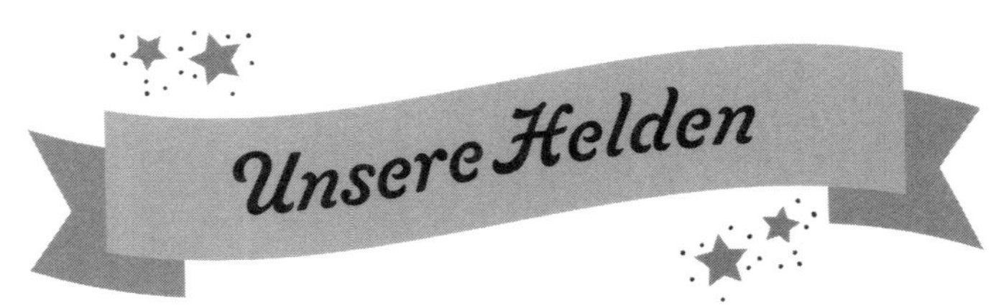

Aisha und Emily
sind beste Freundinnen und wohnen beide im Dorf Wunderwald. Aisha liebt Sport, während Emily total begeistert ist von der Wissenschaft. Doch am allerliebsten besuchen die zwei das Verwunschene Tal und helfen ihren Einhornfreunden, die dort leben.

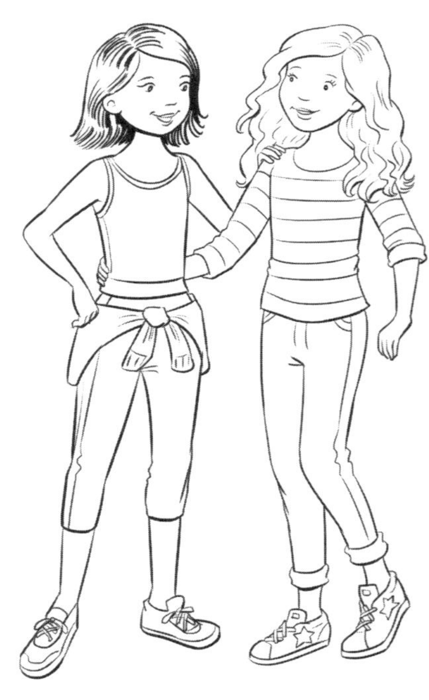

Feuerfünkchen
ist das Feuereinhorn. Sie schwimmt gerne mit ihren Drachenfreunden in den heißen Quellen des Funkelbergs!

Das Lufteinhorn
Schimmerhauch
sorgt dafür, dass die Luft im Verwunschenen Tal immer frisch und sauber ist. Außerdem zaubert sie mit ihrer Magie gerne kleine Windböen, damit ihre Freunde Drachen steigen lassen können.

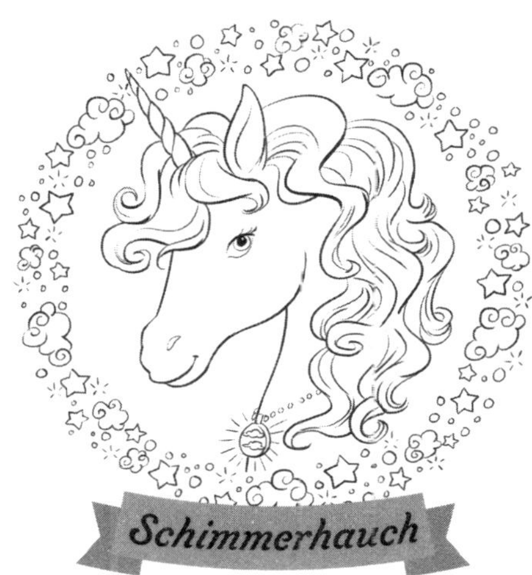

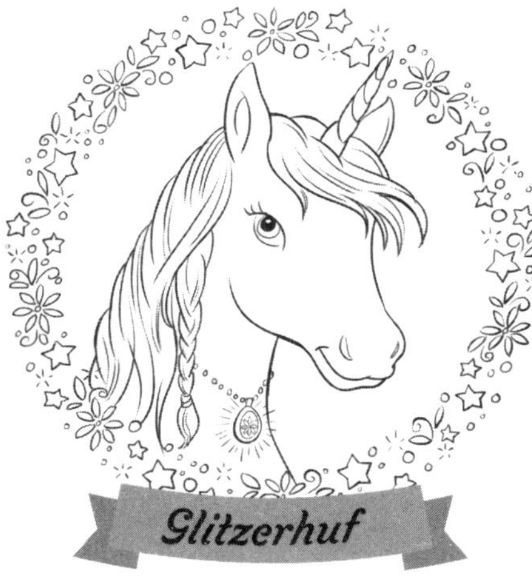

Glitzerhuf
ist das Erdeinhorn, das Pflanzen kräftig wachsen und wunderschön erblühen lässt. Am wichtigsten ist es ihr, etwas mit ihren Freunden zu unternehmen – für die würde sie alles tun!

Wellenglanz
hat riesigen Spaß daran, in den Flüssen und Lagunen des Verwunschenen Tals zu spielen. Die größte Freude hätte das Wassereinhorn, wenn alle anderen Wasser genauso lieben würden wie sie.

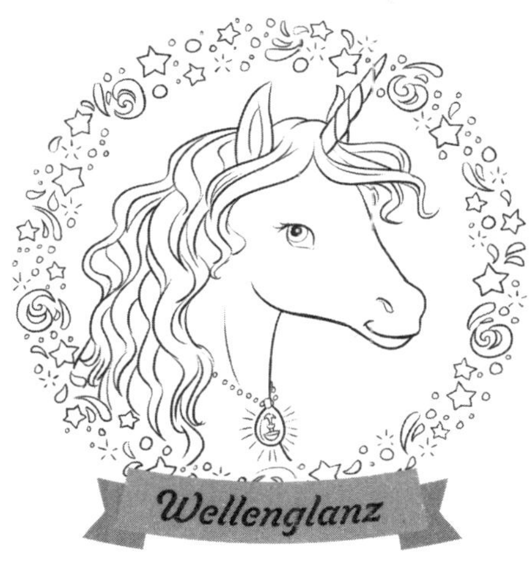

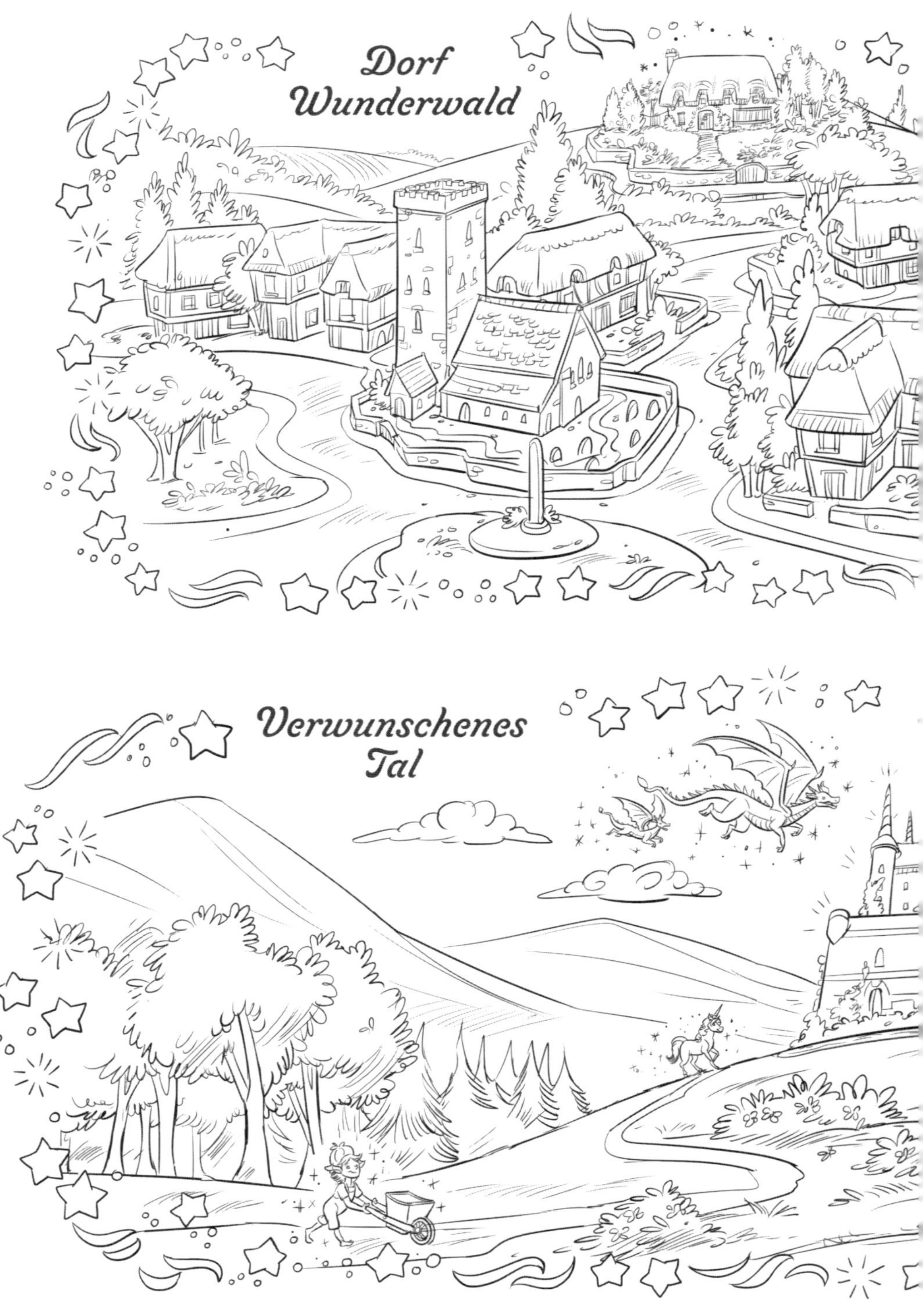
Dorf
Wunderwald
Verwunschenes
Tal

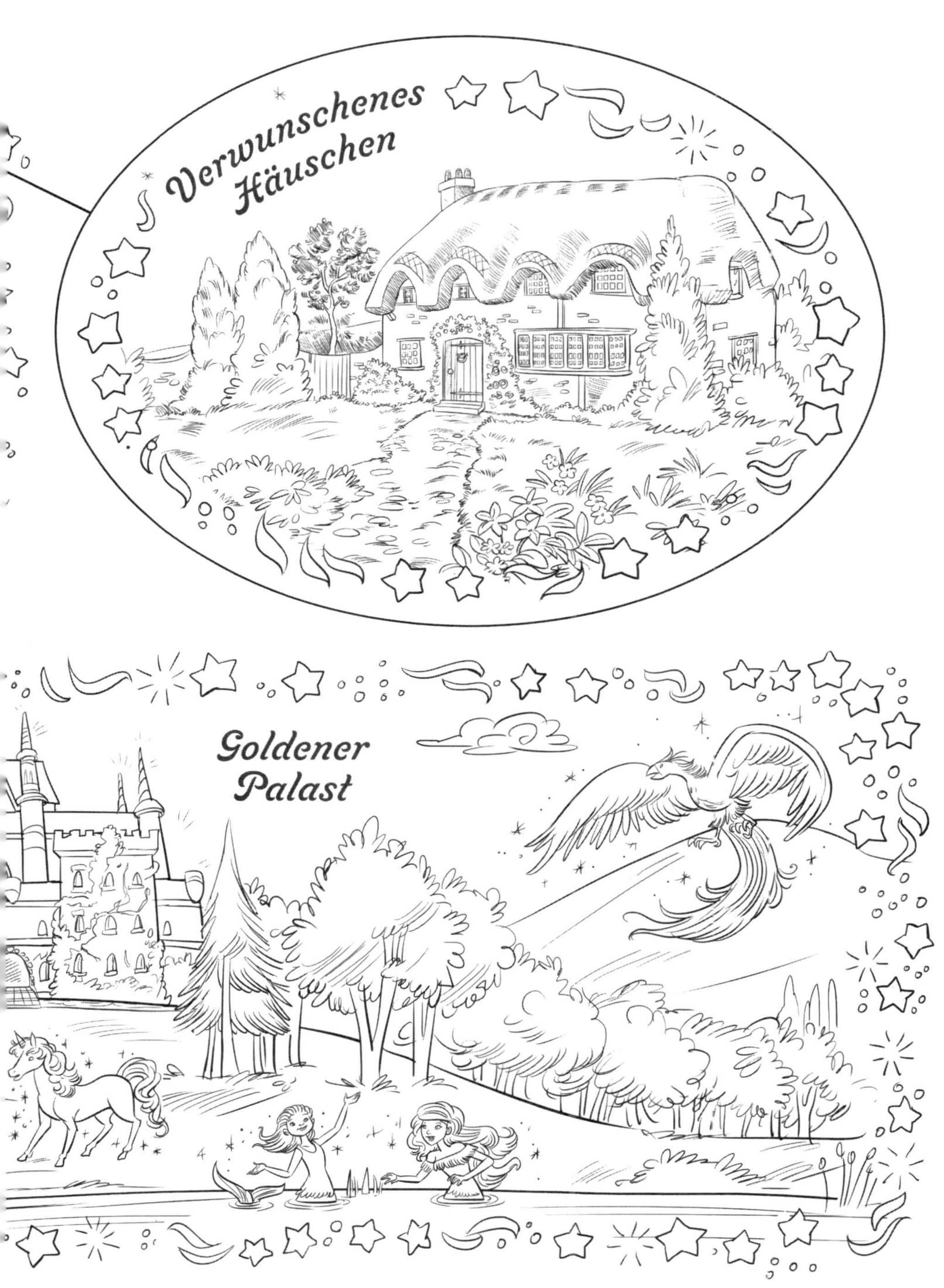
Verwunschenes
Häuschen
Goldener
Palast

Folge dem Licht
von Sonne, Mond und Sternen.
Dann trägt dich Magie,
wo immer du auch bist,
hinfort ins Verwunschene Tal,
einen weit entfernten, geheimen Garten,
wo deine Einhornfreunde
schon auf dich warten!

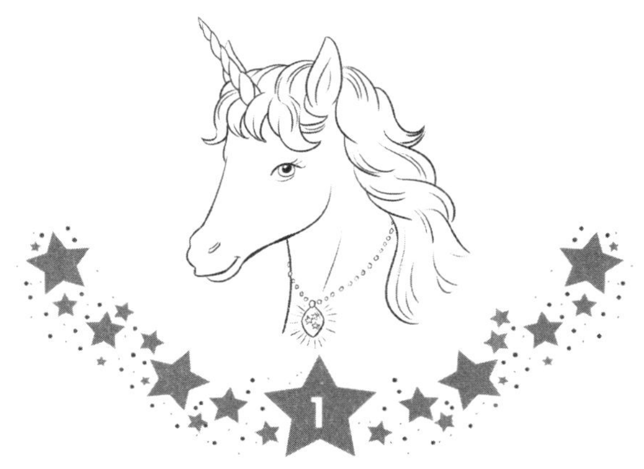

Ein Pferd auf dem Dachboden

„Ich kann nicht glauben, dass wir jetzt wirklich hier wohnen!", sagte Aisha Khan. Sie hielt einen Karton mit ihren Sachen in den Händen und bestaunte ihr neues Heim.

Das „Verwunschene Häuschen" hatte ein Dach aus Schilf, putzige kleine Fenster und Wände in der Farbe von Sonnenstrahlen. Der Garten vor dem

Haus war übersät mit roten und blauen Blumen. Links und rechts neben der Haustür wuchsen zwei Rosensträucher, die eine Art grün-rosafarbenes Vordach aus Blättern und Blüten bildeten.

Aishas Papa legte ihr einen Arm um die Schultern. „Willkommen zu Hause!", sagte er.

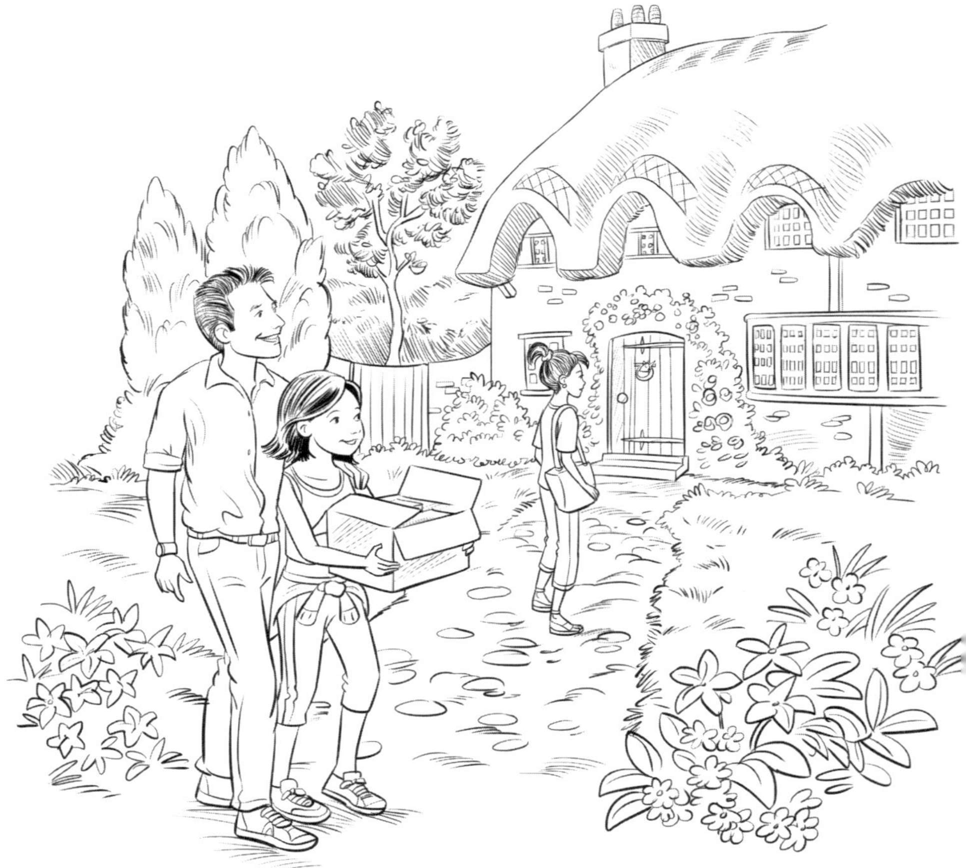

„Es ist perfekt", sagte Aisha und grinste.

Während die Khans über den gepflasterten Weg schlenderten, holte Aishas Mama die Schlüssel aus der Tasche. Die Eingangstür war leuchtend rot und hatte einen glänzenden silbernen Türklopfer. Er hatte die Form eines eleganten Pferdekopfs, auf dessen Stirn ein einziges silbernes Horn saß.

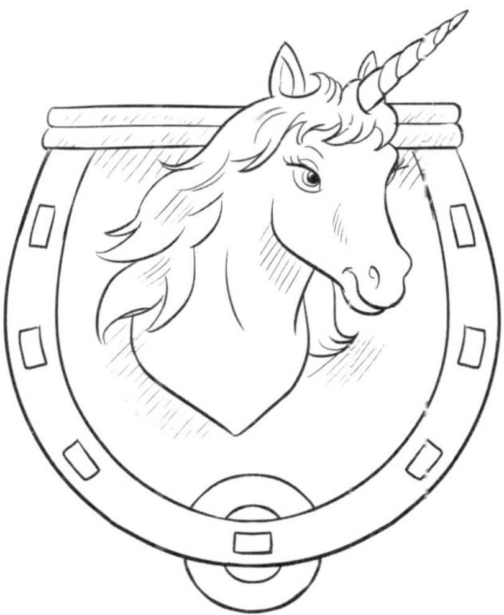

„Ein Einhorn!", sagte Aishas Mutter überrascht, als sie den Schlüssel ins Schloss steckte. „Das ist mir bisher gar nicht aufgefallen."

Knarrend öffnete sich die Tür und Aisha flitzte die Stufen aus Stein hinauf, um sich auf die Suche nach ihrem Zimmer zu machen.

Durch das Fenster fiel die Sommersonne auf die alten Holzdielen. Die schräge Decke wurde von dicken Holzbalken getragen und in der Ecke stand ein weiches, gemütliches Bett. Als Aisha durch die Scheiben nach draußen spähte, sah sie auf den großen grünen Rasen hinter dem Haus. Mitten im Garten stand die Statue eines magischen Vogels, der aus einem Feuer aufflog. Ein Phönix, hatte Papa gesagt.

Aisha stellte ihren Karton auf das Bett. Darin befanden sich ein Tennisschläger, eine Taucherbrille, ein Volleyball und eine große Sammlung Fußball-Sammelsticker. Aisha liebte Sport über alles.

In diesem Moment klingelte es an der Haustür. „Ich mache auf!“, rief Aisha und rannte schon die Treppe hinunter.

Als sie die Tür öffnete, stand vor ihr ein Mädchen, das ungefähr so alt war wie sie. Es trug ein gestreiftes T-Shirt, eine Hose und Turnschuhe. Ihre blonden Haare fielen ihr locker auf die Schultern.

„Hi!“, sagte das Mädchen. „Ich habe vorne auf der Straße einen Fußball gefunden.“ Sie hielt ihn hoch. „Ich dachte, er gehört vielleicht euch.“

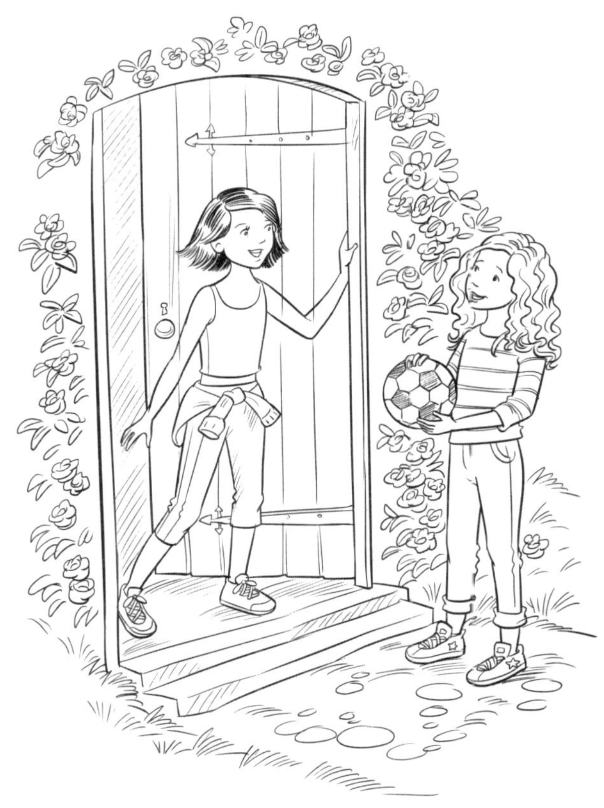

„Oh, danke!" Aisha nahm ihr den Ball ab. „Der muss aus dem Umzugswagen gerollt sein."

„Ich bin übrigens Emily Turner", sagte das Mädchen. „Ich hab dich hier noch nie gesehen!"

„Wir sind gerade erst nach Wunderwald gezogen", sagte Aisha. „Ich bin Aisha Khan."

Emily schaute sich staunend in dem kleinen Garten vor dem Haus um. „Ich hatte mich schon gefragt, wer ins Verwunschene Häuschen einzieht. Ich war schon immer neugierig, wie es da drin wohl aussieht!"

„Dann komm doch rein und bleib ein bisschen bei mir!", schlug Aisha lächelnd vor. „Wir können das Haus gemeinsam erkunden."

Emily klatschte aufgeregt in die Hände. „Super, gern!"

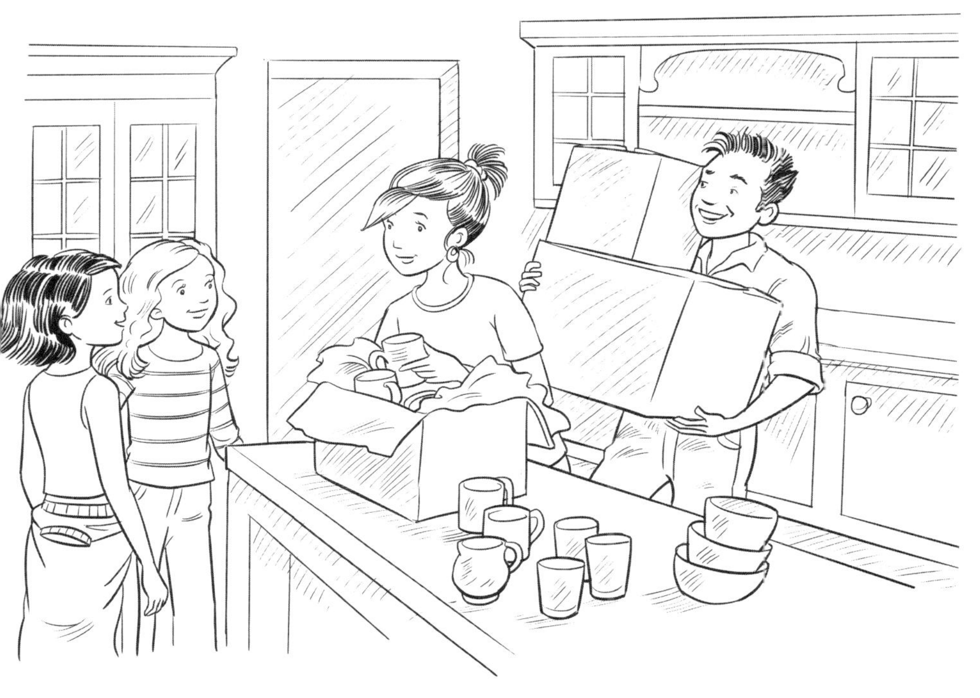

Aisha führte Emily in die Küche. Ihre Eltern waren gerade damit beschäftigt, Töpfe und Pfannen auszupacken, und Aisha stellte ihnen Emily vor.

„Schön, dich kennenzulernen, Emily!", sagte Aishas Mama.

„Was haltet ihr Mädchen von einer Runde Kakao und Keksen?", fragte ihr Papa.

„Au ja. Danke!", sagte Aisha. „Dann zeige ich Emily so lange das Haus."

Aishas Mutter lächelte. „Viel Spaß beim Erkunden! Wir rufen euch, wenn wir so weit sind."

Die beiden Mädchen rannten nach oben in Aishas Zimmer.

„Lass mich raten", sagte Emily und hob Aishas Tennisschläger hoch. „Du magst Sport!"

„Stimmt!" Aisha grinste. „Und was ist dein Lieblingshobby?"

„Naturwissenschaften!", antwortete Emily. „Ich liebe sie. Zu Hause habe ich einen Chemiebaukasten mit Reagenzgläsern und einer Schutzbrille." Auch sie musste grinsen. „Aber Magie

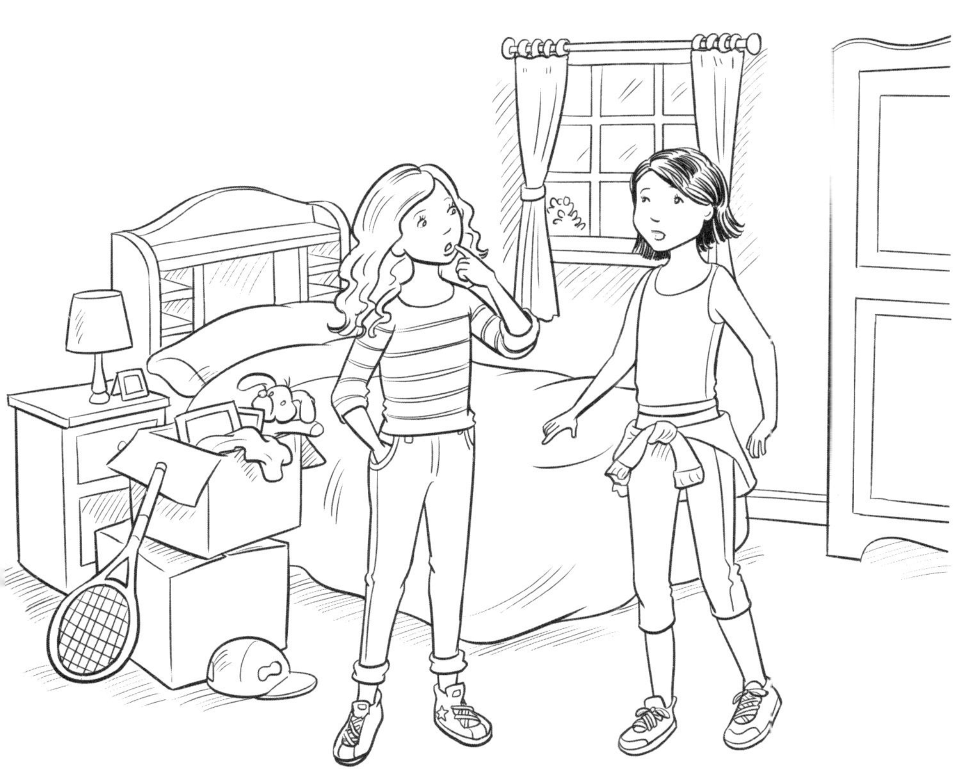

ist auch total spannend. Deshalb fand ich das Verwunschene Häuschen auch immer so cool. Du weißt schon, wegen dem Einhorntürklopfer und so."

„Finde ich auch!", sagte Aisha. Irgendwo über sich hörten die zwei ein leises Pochen.

Emily runzelte die Stirn. „Was war das?"

„Klang fast wie ... Hufschläge", meinte Aisha.

Sie spitzten die Ohren. Wieder erklang über ihnen dieses klopfende Geräusch.

Sie gingen raus auf den Gang. Am hinteren Ende stand eine Leiter, die in die Dunkelheit darüber führte.

Emily schauderte. „Ihr könnt ja schlecht ein Pferd auf dem Dachboden haben, oder?", fragte sie.

„Komm mit", sagte Aisha und setzte den Fuß auf die erste Sprosse. „Das finden wir nur auf einem Weg heraus!"

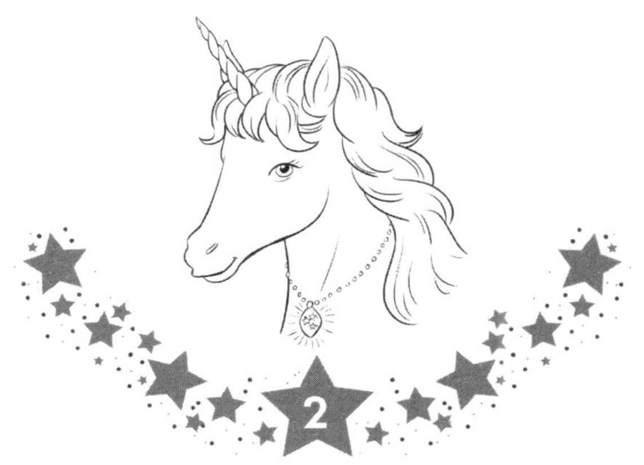

Königin Aurora

„Puh, ist das finster hier oben. Ich sehe rein gar nichts!“, sagte Aisha, als Emily hinter ihr auf den Dachboden kletterte.

„Wenn wir ein bisschen warten, gewöhnen sich unsere Augen an die Dunkelheit“, meinte Emily.

Und tatsächlich, während sie in das Dämmerlicht schauten, erkannten sie allmählich staubige aufgetürmte Kartons und ein altes Sofa, aus dem schon die Polsterung herausfiel.

Aisha machte ein nachdenkliches Gesicht. „Also, ein Pferd ist hier jedenfalls nicht."

„Woher kam das Hufklopfen dann?", wunderte sich Emily.

„Wow!" Aisha ging über den Dachboden zu einem kleinen Tisch neben dem Sofa. Bei jedem ihrer Schritte knarrten die Dielen. „Sieh dir das an!"

Emily trat zu ihr. Auf dem Tisch stand eine kleine Glasfigur. Obwohl es hier oben so wenig Licht gab, funkelte sie prächtig.

„Ein Einhorn!", sagte Aisha.

Emily hob es vorsichtig hoch. Das Einhorn passte perfekt in ihre Hand. Es hatte ein zierliches Horn aus Kristall und reckte die beiden Vorderhufe in die Luft.

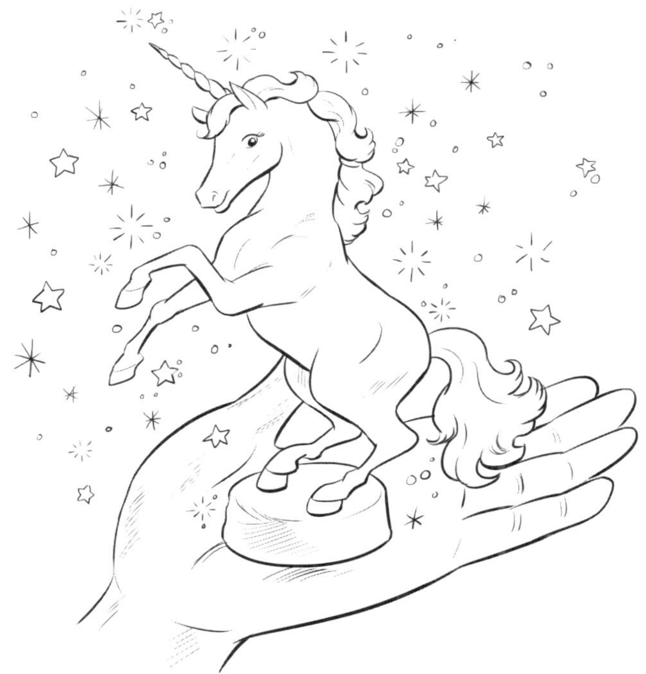

„Was ist das für eine Farbe?“, fragte Emily. „Es lässt sich so schwer erkennen.“

Während Aisha sich nach einem Lichtschalter umschaute, entdeckte sie ein Dachfenster mit vorgezogener Jalousie. Sie stieg auf einen alten Hocker, stellte sich auf die Zehenspitzen und zog an der Kordel.

Wusch! Die Jalousie rollte nach oben und Sonnenstrahlen durchfluteten den Dachboden. Die Mädchen blinzelten geblendet und hielten sich die Hände vor die Augen.

Als Emily wieder sehen konnte, blieb ihr die Luft weg.

Im Sonnenlicht konnten die Mädchen in dem Einhorn putzige bunte Farbwirbel erkennen, die leuchteten wie kleine Regenbogen. Immer schneller und strahlender wurde der bunte Strudel. *Zisch!* Plötzlich explodierten sie, sodass ein wahrer Funkenregen auf das Einhorn fiel, als hätte jemand ein Feuerwerk gezündet.

Die Mädchen staunten. Die glitzernden Funken begannen, sie einzuhüllen und so schnell zu wirbeln, dass Emily und Aisha vom Boden gehoben wurden.

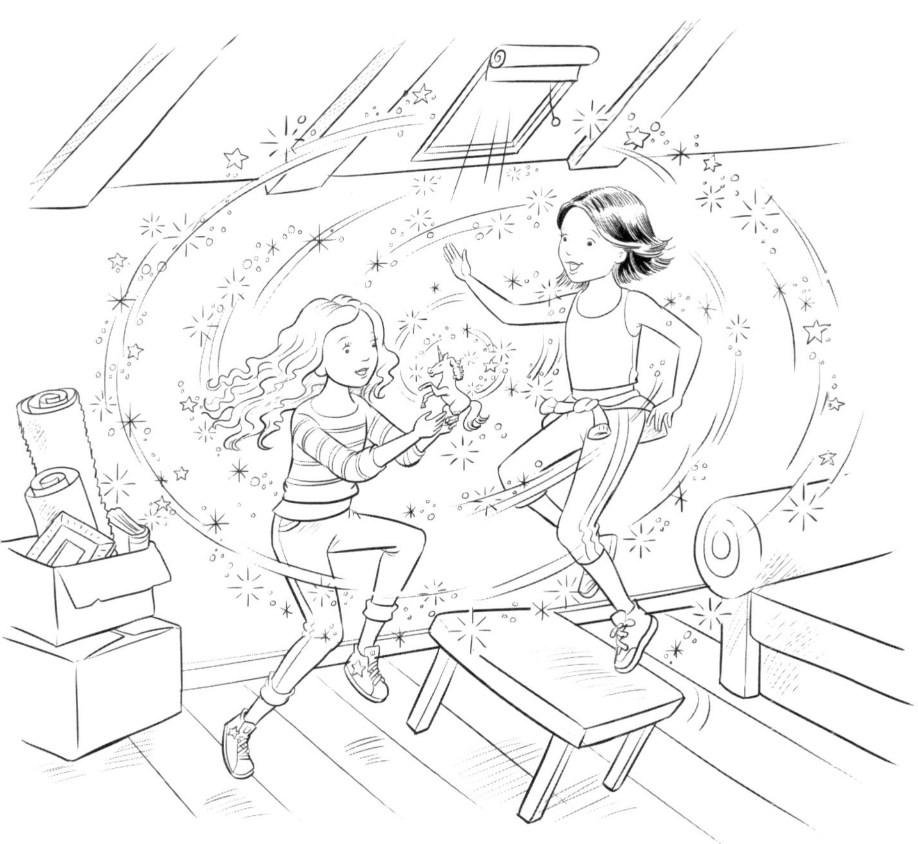

„Wir fliegen!“, sagte Emily, während der schillernde Farbentanz herumsauste.

Mit einem Mal waren die Funken verschwunden und die Mädchen schwebten zurück auf festen Boden.

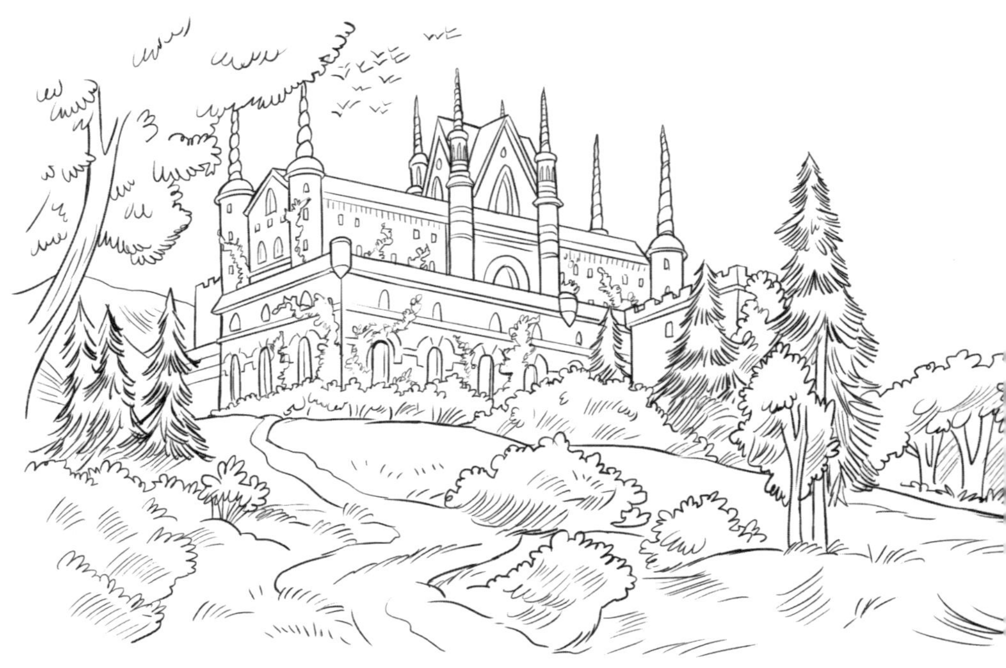

Aisha schaute erleichtert auf ihre Füße. Sie standen auf weichem Gras. „Das gibt's doch nicht!"

„Was ist passiert?", fragte Emily. „Wo sind wir?"

„Keine Ahnung", antwortete Aisha. „Aber ich glaube, wir sind nicht mehr auf dem Dachboden!"

Emily zeigte nach vorne. „Aisha, schau mal!"

Auf einem Hügel stand ein funkelnder goldener Palast. An den Mauern rankten Blumen, die im

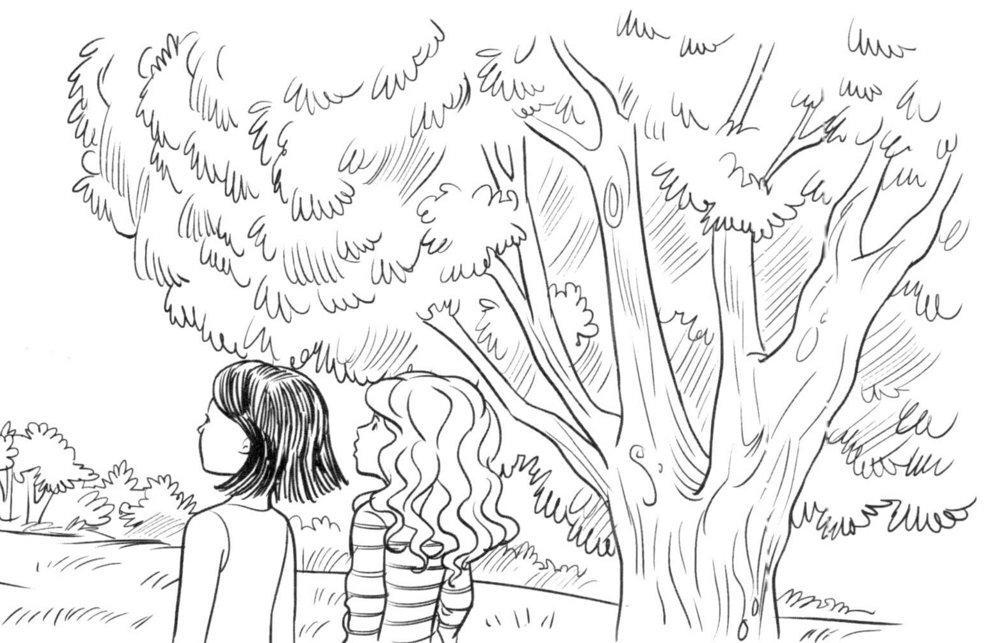

sanften Windhauch schaukelten. Der Palast hatte viele Fenster, die in der Sonne glitzerten, und hohe Spiraltürmchen, die sich bis in den hellblauen Himmel hinauf erstreckten.

„Die sehen wie die Hörner von Einhörnern aus!", sagte Aisha verblüfft.

„Das ist unglaublich", flüsterte Emily. „Wo sind wir hier?"

Aisha bekam vor Aufregung eine Gänsehaut. „Komm, das finden wir heraus!"

Hand in Hand liefen die Mädchen über den grasbedeckten Hügel zum Palast hinauf. Je höher sie stiegen, desto weiter konnten sie blicken. Überall um sie herum lagen wunderschöne Wiesen, Wälder und Seen. Über ihnen schwebten flauschige Wolken, zwischen denen geflügelte Wesen dahinsausten.

„Normale Vögel sind das nicht, glaube ich." Verdutzt sah Emily nach oben.

Aisha staunte. „Hier ist es wie in einem Traum!"

Als die Mädchen oben auf dem Hügel angekommen waren, sahen sie, dass der Palast von einem Burggraben voll mit kristallklarem Wasser umgeben war. Unter dem Klirren der Ketten wurde gerade eine silberne Zugbrücke herabgelassen.

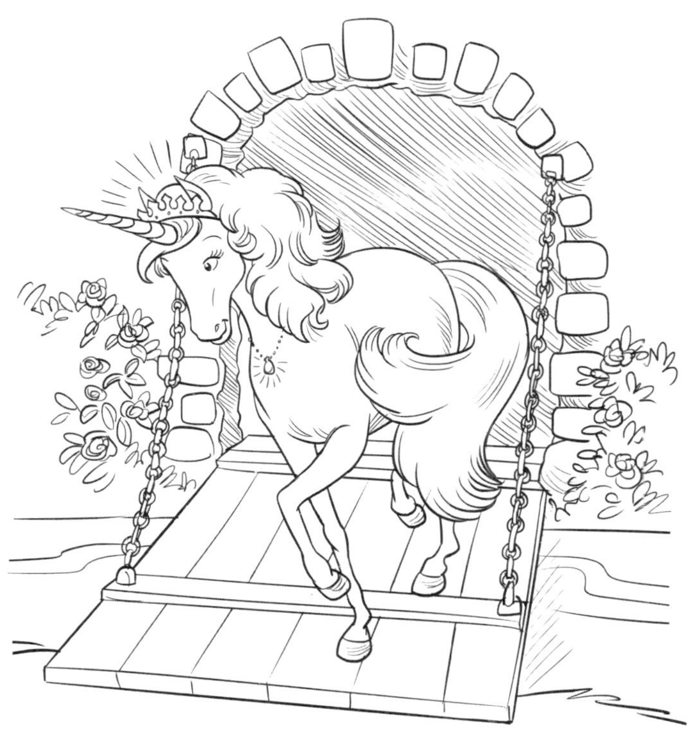

Über diese Brücke trottete ein Einhorn auf Emily und Aisha zu.

Mähne und Schweif schimmerten golden und der Körper hatte eine Farbe wie die Morgenröte: erst rosa, dann rot ... dann orange, dann golden ... Die Farben schienen zu kommen und zu gehen, wie

Wolken, die über den Himmel ziehen. Auf dem Kopf des Einhorns saß eine zierliche silberne Krone.

„Ich glaub's nicht! Es sieht genauso aus wie die Figur auf dem Dachboden!", sagte Emily.

Am Ende der Zugbrücke blieb das Einhorn stehen. Es zuckte mit dem Schweif und neigte vor den Mädchen das Haupt. Das goldene Horn funkelte in der Sonne.

„Hallo, ihr zwei!", sagte das Einhorn. Seine Stimme war sanft und freundlich.

„Du kannst sprechen!", sagte Emily verblüfft.

Das Einhorn stieß ein Lachen aus, das wie eine hübsche Melodie klang, und schüttelte dabei die Mähne.

„Aber gewiss doch! Ich bin Königin Aurora. Willkommen im Verwunschenen Tal!"

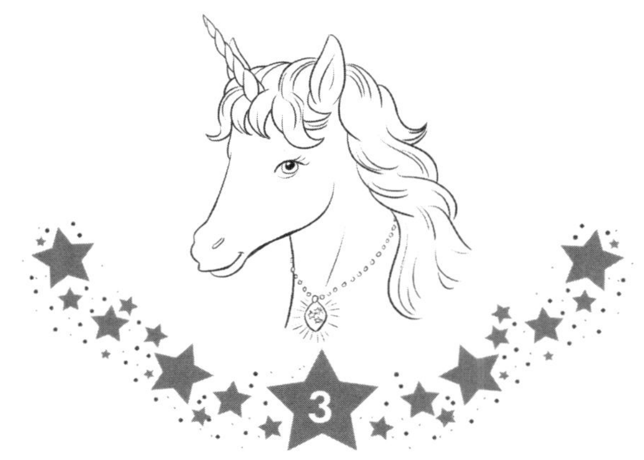

Wunder über Wunder!

Einen Augenblick lang wussten die Mädchen nicht, was sie sagen sollten. Dann verbeugte sich Aisha tief. „Hallo, Euer Majestät", sagte sie. „Ich bin Aisha Khan."

„Und ich bin Emily Turner", sagte Emily und machte einen Knicks. „Wir finden Euren Palast wunderschön!"

„Danke!“, antwortete Königin Aurora. „Warum kommt ihr nicht herein?“ Mit schwingendem Schweif trottete sie über die Zugbrücke zurück.

„Ich verstehe das nicht. Wie sind wir hier hergekommen?“, raunte Aisha.

„Da fällt mir nur eine Erklärung ein ...“, antwortete Emily.

„Magie!“, sagten die Mädchen im Chor. Sie nahmen sich an den Händen und folgten Königin Aurora in den Palast.

Das Einhorn führte sie durch ein Tor in einen Schlosshof. An den Mauern zu allen Seiten rankte Efeu und auf einem hübschen grünen Rasen liefen noch mehr Einhörner umher. Mitten im Gras bewunderten zwei silberne Einhörner eine zierliche Papiergirlande, die an einem Springbrunnen aus

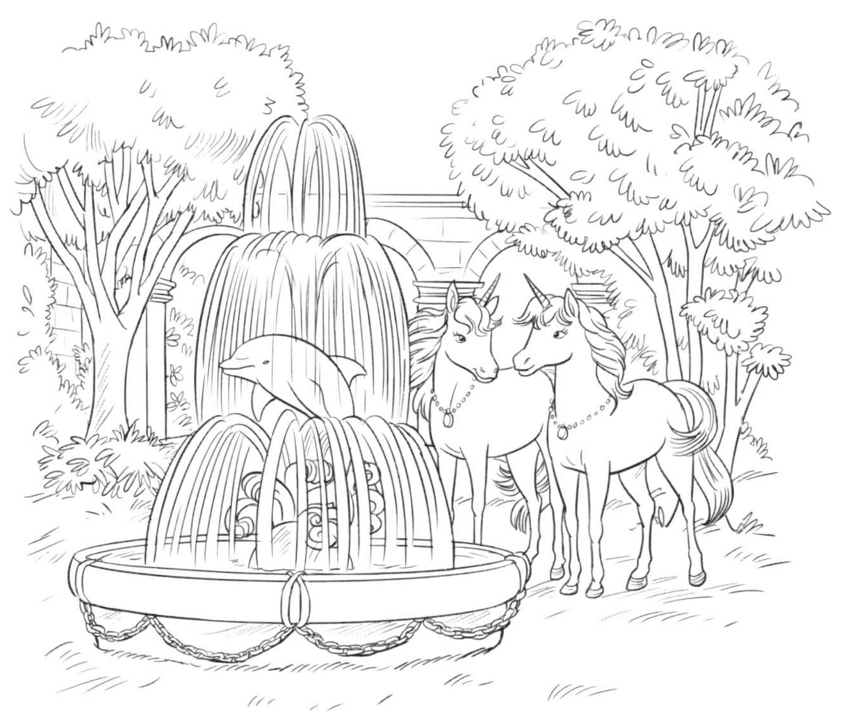

Stein hing. Er hatte die Form eines Delfins. Nun kamen drei andere, grün-blaue Einhörner dazu, neben denen kleine Laternen in der Luft schwebten. Wie von Zauberhand hängten sich die Laternen an die Zweige der Orangenbäume, die am Rand des Innenhofs wuchsen.

„Was machen sie da?", wollte Emily wissen.

„Sie bereiten ein Fest vor", erklärte Königin Aurora. „Am Ende der Woche findet unsere alljährliche Feier zu Ehren der Natur statt. Alle unsere Freunde aus dem Verwunschenen Tal sind eingeladen. Die Zwerge, die Wichtel, die Phönixe ... und natürlich die Drachen!"

„Drachen?", wiederholte Aisha und sah Emily mit weit aufgerissenen Augen an. „Hier ist es wirklich wie im Traum!"

Königin Aurora strahlte vor Stolz. „Kommt mit in die Küche! Unsere Einhornköche haben schon mit den Vorbereitungen zum Festessen angefangen."

Sie trottete durch den Hof und die Mädchen folgten ihr. Jedes Einhorn, an dem sie vorbeikamen, neigte kurz das Haupt.

„Auf diese Art winken Einhörner einander", erklärte Königin Aurora.

Die Mädchen neigten den Kopf, um zurückzuwinken.

Königin Aurora führte sie durch einen langen weißen Gang aus Stein, einige Stufen hinab und in eine gewaltige Küche. Ein Feuer prasselte im Raum und von der Decke hingen Töpfe und Pfannen aus Kupfer. Mehrere Einhörner mit Kochmützen waren fleißig bei der Arbeit.

„Mmmmm." Emily und Aisha seufzten, als sie den Duft von Vanille, Schokolade und Zimt einatmeten. In der Küche roch es absolut köstlich nach Backen!

An einem der Herde stand ein hellblaues Einhorn mit Kochmütze. Es lächelte die Mädchen an, bevor es sich wieder einer Schüssel mit Kuchenteig

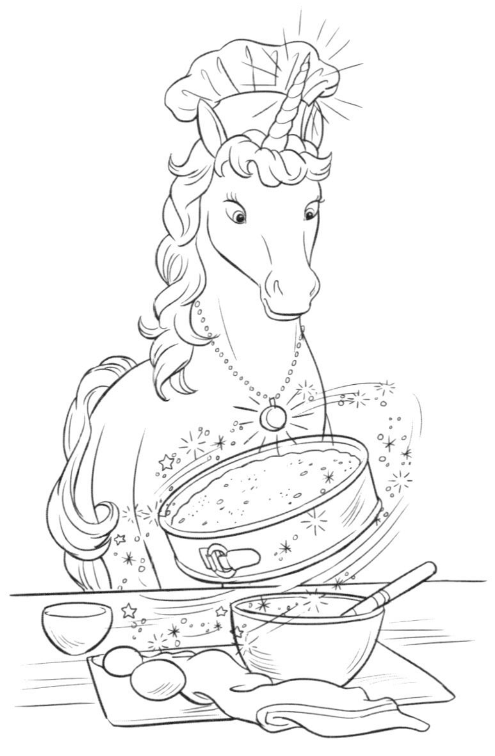

widmete. Wie mit einem Zauberstab zeigte es mit dem Horn darauf. Sofort wurde die Schüssel von einem feinen Glitzernebel eingehüllt. *Wusch*! Schlagartig nahm der Kuchenteig ein wunderschönes Blau an.

„Noch mehr Magie!“, flüsterte Emily.

„O ja“, sagte Königin Aurora. „Im Verwunschenen Tal ist alles magisch. Seht ihr, was unser Koch um den Hals trägt?“

Die Mädchen erkannten einen kleinen Kristallanhänger, der an einer feinen Goldkette hing.

„Die Amulette verleihen uns Zauberkräfte", sagte Königin Aurora. „Und diese setzen wir dazu ein, um uns um das Verwunschene Tal zu kümmern. Jedes Einhorn hat seine eigene ganz besondere Kraft." Als sie den Kopf hob, sahen Emily und Aisha, dass auch sie einen Anhänger trug.

„Ich besitze das Amulett der Freundschaft", erklärte Königin Aurora. „Denn ich bin die Hüterin aller Freundschaften im Verwunschenen Tal."

Behutsam hob Aisha den Anhänger an, um ihn besser betrachten zu können. Im durchsichtigen Glas befanden

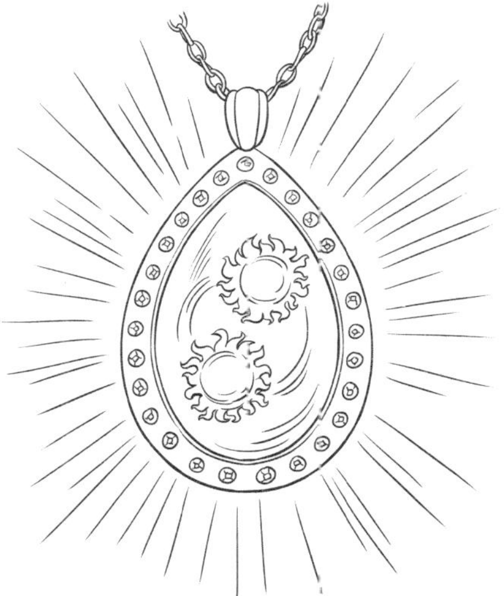

sich zwei Sonnen, die umeinander kreisten. Sie sahen aus wie zwei Freunde, die miteinander Fangen spielten.

„Es ist wunderschön!", sagte Aisha.

Königin Aurora warf anmutig den Schweif in die Höhe. „Das Verwunschene Tal ist voller Schönheit ... genau wie das Verwunschene Häuschen."

Emily schnappte laut nach Luft. „Woher kennt Ihr das Verwunschene Häuschen?"

„Am besten, ich zeige es euch", antwortete Königin Aurora.

Sie führte die Mädchen aus der Küche in einen prächtigen Flur voller Blumenvasen. Am Ende lag eine breite Treppe. Aisha und Emily folgten Königin Aurora die weich ausgelegte Treppe hinauf in eine lange weiße Halle. Auf einer Seite fiel durch

mehrere Fenster das Licht der Sonne in den Raum. Auf der anderen Seite hing eine Reihe großer Porträts. Einige der Gemälde waren sehr alt und die goldenen Rahmen voller Staub. Andere wirkten dagegen fast neu. Auf jedem Bild waren zwei Kinder zu sehen, die vor dem Palast standen.

Das erste war ein Ölgemälde von einem Mädchen und einem Jungen in Samttunika mit weißem Rüschenkragen. Auf einem anderen Bild trugen zwei Jungen schicke Anzugjacken mit Krawatte. Aisha betrachtete ein Gemälde von zwei Mädchen in bodenlangen Kleidern.

„Wer sind diese Kinder?", fragte sie.

„All die Jungen und Mädchen in diesen Porträts haben einmal im Verwunschenen Häuschen gewohnt", antwortete Königin Aurora. „Und sie alle haben ihren Weg zu uns ins Verwunschene Tal gefunden. Zwischen dem Verwunschenen Tal und dem Verwunschenen Häuschen besteht eine magische Verbindung, müsst ihr wissen."

„Wow." Emily seufzte. „Was haben wir für ein Glück!"

„Schön, dass ihr so denkt", sagte Königin Aurora. „Und für uns ist es ein Glück, dass ihr beide uns besucht!" Sie lächelte und ihre goldene Mähne leuchtete in der Sonne. „Kommt, ich stelle euch die Natureinhörner vor! Sie planen und organisieren die Feier."

Königin Aurora führte sie durch einen Torbogen am Ende der Halle in einen sonnigen Garten.

Als die Mädchen hinter ihr ins Freie traten, staunten sie nicht schlecht. Der Garten war sogar noch schöner als der Schlosshof, den sie vorhin gesehen hatten. Hier gab es saftiges Gras, bunte Blumenbeete und einen glitzernden Fluss, der sich in einen Teich voller Wasserlilien ergoss.

An einem großen runden Tisch mit einer weißen Decke darauf hatten sich vier Einhörner versammelt. Vor ihnen lag eine lange Schriftrolle, auf die sie blickten, während sie aufgeregt miteinander redeten.

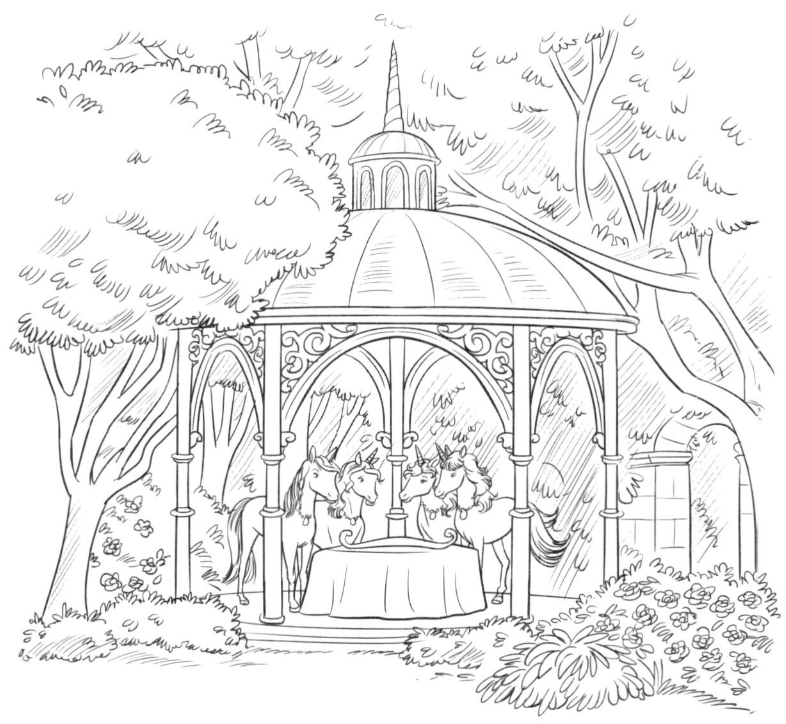

„Das ist ihr Plan für das Fest", flüsterte Königin Aurora. Dann rief sie: „Hallo, Freunde! Kommt her und lernt unsere Gäste kennen!"

Die vier Einhörner blickten auf, als Königin Aurora ihnen zurief. Dann trabten sie mit fröhlich schaukelnden Schweifen herüber.

Als Erstes näherte sich ein rötliches Einhorn mit leuchtender Mähne mit roten Strähnchen und tiefbraunen Augen. Emily und Aisha konnten sehen, wie in seinem Amulett winzige kleine Feuerfunken explodierten und glitzerten. „Ich heiße Feuerfünkchen", stellte es sich vor. „Ich bin das Feuereinhorn und sorge dafür, dass es im Verwunschenen Tal immer schön warm ist."

„Und ich bin Schimmerhauch, das Lufteinhorn!", sagte ein weißes Einhorn. Sein Amulett war erfüllt

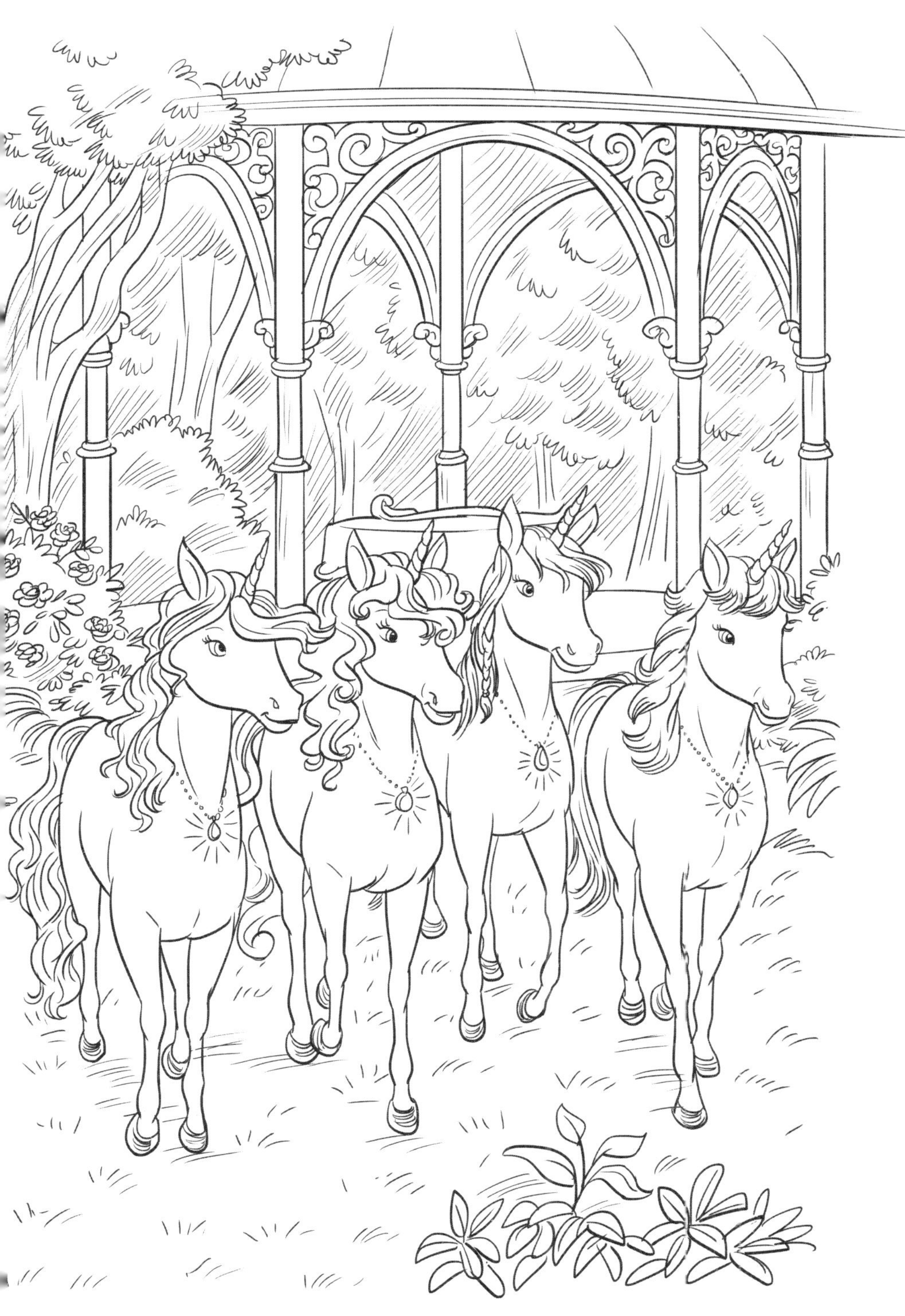

von flauschigen Miniwölkchen. „Ich halte die Luft sauber."

„Mein Name ist Glitzerhuf, das Erdeinhorn", sagte ein grünliches, in dessen Amulett eine wunderschöne Blume blühte. „Ich kümmere mich um die Blumen und Pflanzen im Tal."

„Und mich nennt man Wellenglanz", sagte ein blaues Einhorn mit einer Wasserfontäne im Anhänger.

„Dann bist du bestimmt das Wassereinhorn!", sagte Emily.

„Ganz genau", bestätigte Wellenglanz. „Ich beschütze das Wasser im Verwunschenen Tal."

Aisha strahlte. „Es ist so schön, euch alle kennenzulernen!"

Die Einhörner lächelten zurück und betrachteten

Aisha und Emily verwundert. Es war, als kämen ihnen die Mädchen irgendwie magisch vor!

In diesem Moment fegte ein kalter Windstoß durch den Garten. Er zerzauste die Mähnen der Einhörner und die Haare der Mädchen und pustete die Schriftrolle in einen Busch.

Die Mädchen fröstelten. Dunkle Wolken verdeckten plötzlich die Sonne und tauchten den Garten in langen Schatten.

Aisha spürte einen Regentropfen auf dem Kopf. Und noch einen. Dann goss es in Strömen.

Die Mädchen drängten sich unter einem der Orangenbäume aneinander, während der Regen schon bald ihre Kleidung durchnässt hatte.

„Das zog aber schnell auf!", sagte Emily.

Königin Aurora schüttelte sich die feuchte Mähne

aus den Augen. „O weh“, sagte sie besorgt. „Wir sollten nach drinnen gehen und –“

Doch bevor sie ihren Satz beenden konnte, zuckten Blitze über den Himmel. *Krach!* Lauter Donner grollte. Es hörte sich an wie eine ganze Herde galoppierender Pferde.

Wie ein silberner Blitz sprang ein anderes Einhorn über die Palastmauer und landete sicher und elegant im Garten. Doch dieses Einhorn schien die übrigen nicht zu mögen. Sein silberner Körper schimmerte wie der Mond. Schweif und Mähne waren dunkelblau wie der Himmel bei Dämmerung. Es hatte violette Augen und als es sich mürrisch umsah, bekamen beide Mädchen etwas Angst.

Emily keuchte. „Wer ist das?“

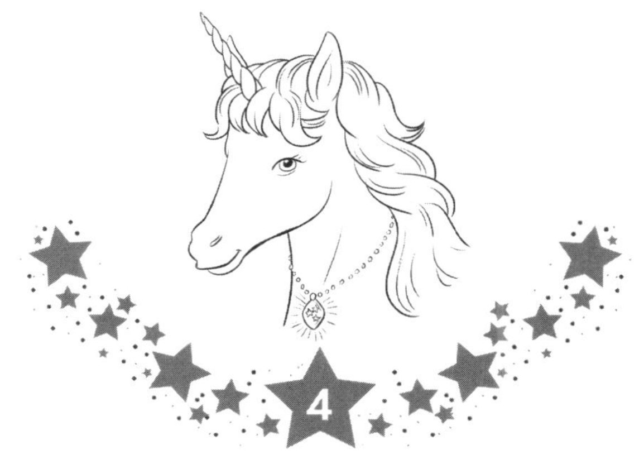

Selenas großer Auftritt

Vor Angst riss Königin Aurora die Augen weit auf und spitzte die Ohren.

„Das ist Selena!“

Die anderen vier Einhörner versteckten sich hinter ihrer Königin und zuckten unruhig mit den Schweifen.

„Überraschung!“ Das silberne Einhorn kicherte.

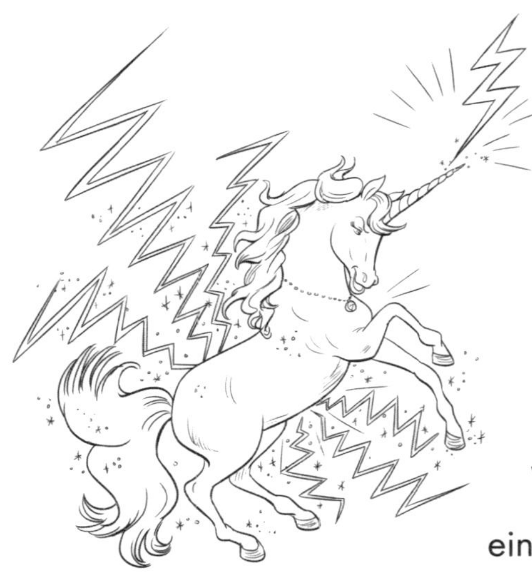

Zornig bäumte es sich auf und stampfte mit den Vorderhufen in der Luft. Sein Körper wurde von knisternder Elektrizität eingehüllt. Dann schoss ein Blitz aus seinem Horn. *Fffzzzzapp!* Selenas Magie riss einen der Rosensträucher in Stücke und ließ ihn in Flammen aufgehen.

Die Mädchen zogen die Köpfe ein und hielten sich aneinander fest.

„Schau!", sagte Aisha plötzlich. Sie zeigte auf das Glasamulett an Selenas Hals. Darin wogte eine kleine schwarze Gewitterwolke mit einem Blitz.

„Oh-oh", sagte Emily. „Sie muss dieses Gewitter herbeigezaubert haben!"

In diesem Moment zischte ein pelziger kleiner schwarzer Ball über die Mauer. Er purzelte über das Gras und sprang in die Luft, während er mit zwei seidigen Flügeln flatterte.

„Eine Fledermaus!", rief Aisha.

„Hier bin ich, Euer Majestät!", sagte die Fledermaus und verneigte sich in der Luft vor Selena. „Entschuldigt die Verspätung. Ich habe mich total verflogen und –"

„Ruhe, Flit!", brüllte Selena und stampfte mit dem Huf auf. „Du ruinierst meinen großen Auftritt!"

Dann wandte sie sich wieder Königin Aurora zu. „So treffen wir uns also wieder", spottete sie. „Nur habe ich diesmal einen Plan. Ich werde die Herrschaft über den Goldenen Palast übernehmen und das ganze Tal regieren!"

„Lass uns in Frieden, Selena!", rief Feuerfünkchen.

„Aurora ist unsere Königin, nicht du", ergänzte Wellenglanz.

„Nicht mehr lange!", keifte Selena. „Ich werde jedem Einhorn die Kraft stehlen und damit das Verwunschene Tal an mich reißen ... und mit euch vieren fange ich an!"

Ruckartig fuhr Selena mit dem Horn durch die Luft. Plötzlich kam im Garten ein gewaltiger Wind auf, der die Rosenblüten von den Sträuchern riss und im Kreis wirbeln ließ.

Dann erfasste der Wirbelsturm die vier Amulette der Natureinhörner. *Klirr!* Die silbernen Ketten wurden den Einhörnern vom Hals gehoben und sausten durch die Luft. Königin Aurora sprang hoch, um sie zu fangen, doch zischend düsten sie an ihr

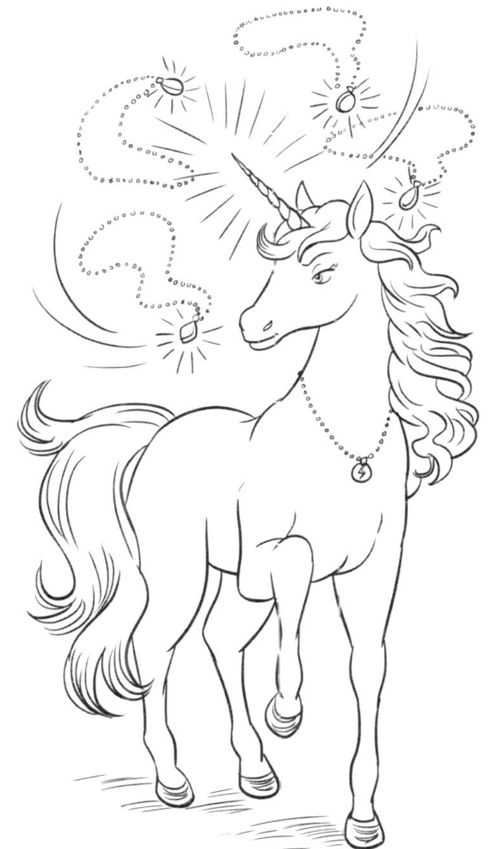

vorbei und legten sich um Selenas Hals.

„O nein!“, rief Emily.

„Gib uns die Anhänger zurück!“, verlangte Schimmerhauch, während sie verärgert in der Erde scharrte.

Selena kicherte. „Oh, aber gerne doch“, versprach sie. „Sobald ihr mich zur Königin über das Verwunschene Tal gemacht habt! Gebt mir die Krone, sonst seht ihr eure wertvollen Amulette niemals wieder!“

Noch ein Blitz zuckte über den Himmel und

Donner grollte. Emily und Aisha hielten sich aneinander fest. Dann flog Selena davon, wobei ihr silbernes Fell im Regen glitzerte.

„Wartet auf mich!", schnaubte Flit. Er flatterte ihr nach und gemeinsam verschwanden sie in den dunklen Wolken.

Feuerfünkchen ließ verzweifelt den Kopf hängen. „O nein", sagte sie. „Das ist unsere Schuld – wir haben uns so gefreut, euch zwei kennenzulernen, dass wir vergessen haben, nach Selena Ausschau zu halten."

„Was machen wir jetzt?", fragte Wellenglanz. „Selena darf nicht Königin werden! Sie würde aus dem Verwunschenen Tal einen schrecklichen, gruseligen Ort machen."

Emily und Aisha traten zu Feuerfünkchen und

streichelten ihr tröstend über die Mähne. Mit einem Mal hörte der Regen auf. Doch als die Mädchen schon glaubten, gleich würde die Sonne wieder scheinen, wurde es kälter. Das Gras färbte sich an den Spitzen weiß vor Frost und der Teich gefror zu Eis. Ein kalter Wind fuhr durch den Garten.

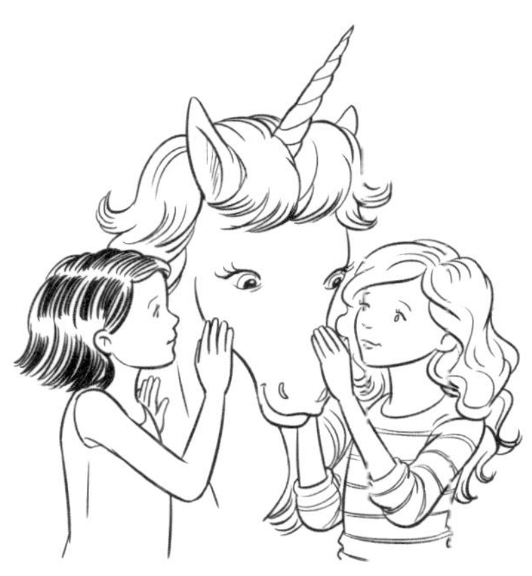

„Was passiert gerade?", fragte Aisha schaudernd.

„Das kommt daher, dass ich meine Magie verloren habe!", erklärte Feuerfünkchen. „Mit meinem Anhänger halte ich das Verwunschene Tal immer schön warm. Doch da Selena ihn nun hat, kehrt ihre Magie die Kraft des Amuletts um, sodass genau das

Gegenteil geschieht. Die Wärme verfliegt und alles erfriert. Bald wird ewiger Winter herrschen!"

„Das lasse ich nicht zu", sagte Königin Aurora. „Ich hole die Anhänger zurück!"

„Aber Ihr seid die Königin!", sagte Glitzerhuf. „Wenn Ihr nicht da seid, um über den Palast zu wachen, könnte Selena ihn angreifen!"

„Dann lasst uns gehen", bat Aisha und nahm Emilys Hand. „Wir finden eure Anhänger!"

Emily drückte Aishas Hand und nickte entschlossen. „Als Erstes den von Feuerfünkchen."

Die Einhörner sahen sie an. Königin Aurora zuckte nervös mit dem Schweif. „Ich weiß nicht recht, Mädchen", sagte sie. „Das ist wirklich sehr lieb von euch ... Aber Selena wird ihn euch nicht einfach so überlassen. Es könnte gefährlich werden."

„Wir haben keine Angst vor ihr“, sagte Aisha.

Aurora nickte. „Nun gut. Aber ihr müsst euch zumindest warm anziehen.“ Ihr Horn glühte in einem tiefen Orange und die Luft knisterte vor Magie. Als die Mädchen an sich herabschauten, stellten sie verblüfft fest, dass sie über ihrer Sommerkleidung nun bequeme Schneeanzüge trugen. Dazu hatte Aurora ihnen flauschige Kapuzen, dicke Handschuhe und Stiefel gezaubert.

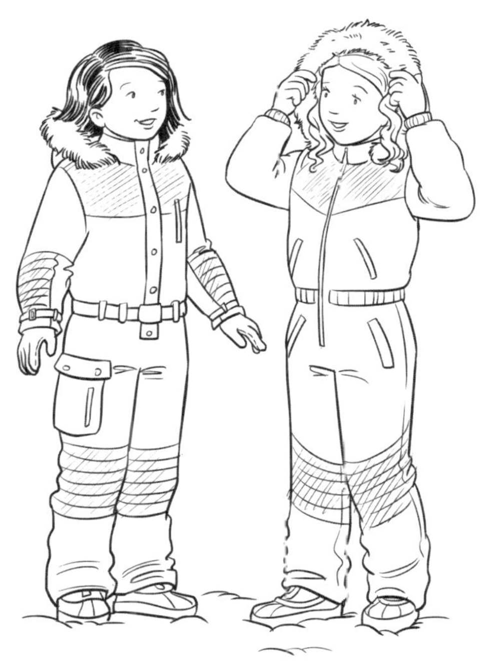

„Und ich komme mit euch“, sagte Feuerfünkchen. „Springt auf!“

„Danke euch,

Mädchen!“, sagten die übrigen Einhörner gleichzeitig, während Feuerfünkchen in die Knie ging, damit Aisha und Emily auf ihren Rücken steigen konnten.

„Ihr seid wahre Freunde“, fügte Königin Aurora hinzu. „Viel Glück und gebt gut auf euch acht!“

Aisha hielt sich an Feuerfünkchens flammender Mähne fest und Emily setzte sich hinter sie. Dann trottete das Einhorn los. „Auf geht's!“, rief sie.

Erschrocken schnappten die Mädchen nach Luft, als Feuerfünkchen durch den Garten galoppierte. Dann – *Wusch!* – sprang sie in die Luft und flog über die Palastmauer.

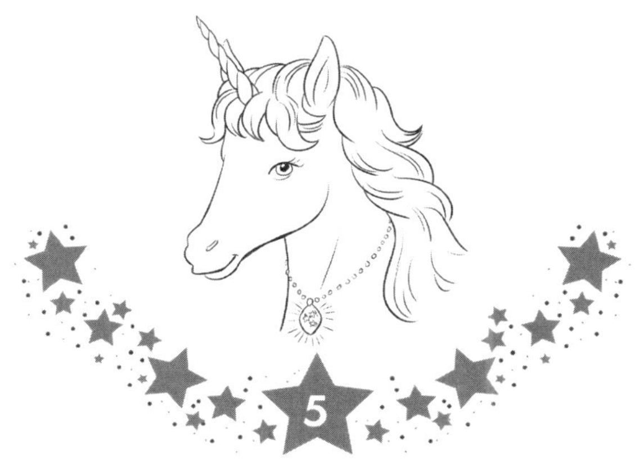

Der Funkelberg

„Du kannst ja fliegen!", rief Aisha.

„Natürlich!" Feuerfünkchen lachte. „Alle Einhörner können fliegen!"

Emily sah, wie der Goldene Palast immer kleiner wurde, bis er nur noch wie ein Spielzeugschloss wirkte. Nun wurde es ihr doch etwas mulmig. „Wir sind ganz schön hoch oben!", murmelte sie.

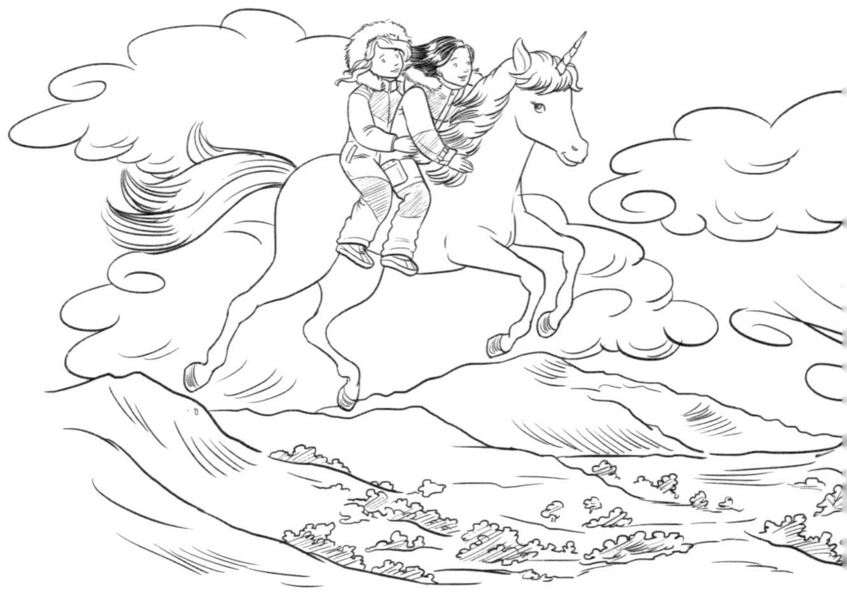

„Halt dich einfach an mir fest“, sagte Aisha und packte Feuerfünkchens Mähne fester. „Ich passe auf, dass wir nicht runterfallen.“

Als Emily die Arme um Aisha schlang, fühlte sie sich gleich besser.

Im Flug blickten sich die Mädchen verwundert um. Von hier oben wirkte das Verwunschene Tal wie ein grüner Teppich aus Gras. Nahe dem Goldenen Palast verlief ein glitzernder Fluss und zu allen Seiten

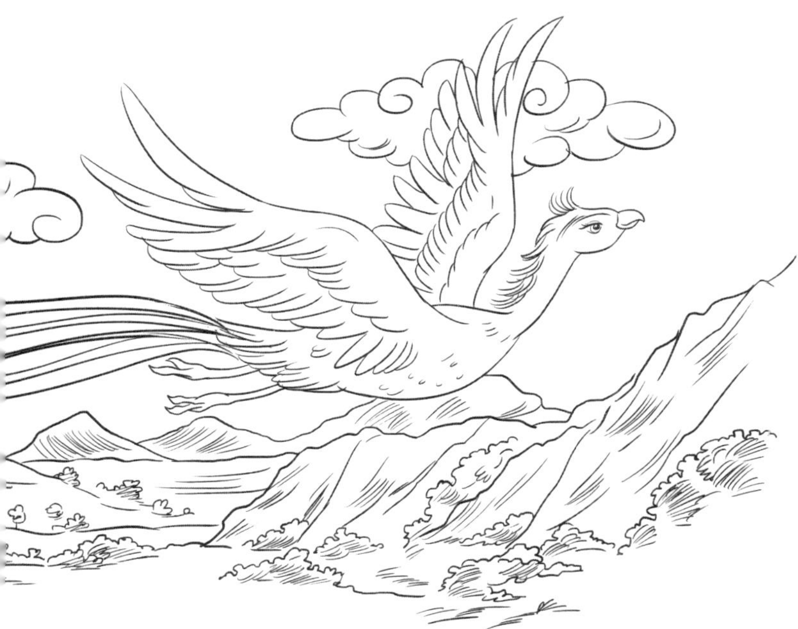

lagen dichte dunkle Wälder, grüne Wiesen und Schlösser.

Verblüfft sah Emily zu, wie ein Schwarm von Wesen mit goldenen Federn unter ihnen vorbeizog.

„Phönixe!", rief sie. „Das müssen die seltsamen Vögel gewesen sein, die wir in den Wolken gesehen haben!"

„Wow!", hauchte Aisha. „Sie sehen genauso aus wie die Statue vor dem Verwunschenen Häuschen!"

Wind brüllte in ihren Ohren und brannte in ihren Augen. Plötzlich spürten sie kleine kalte Nadelstiche im Gesicht. „Schneeflocken!", rief Emily. Und tatsächlich wirbelten weiße Kleckse aus Schnee um sie herum.

„Oje", sagte Feuerfünkchen besorgt. „Wir müssen mein Amulett schnell zurückholen – sonst wird es nie wieder Sommer werden!" Sie schauderte. „Wenn es noch kälter wird, verwelken alle Blumen und die Unterwassergeschöpfe werden unter einer Eisschicht gefangen sein ... Das wäre schrecklich!"

„Was glaubt ihr, wohin hat Selena den Anhänger wohl gebracht?", überlegte Aisha.

Emily runzelte die Stirn. „Ihre Magie kehrt die Wirkung des Amuletts um, richtig?"

„Das stimmt", bestätigte Feuerfünkchen.

Emily versuchte, wie eine Wissenschaftlerin zu denken. Sie kniff die Augen zusammen, um sie vor dem Schnee zu schützen, und schaute sich um. Die Kälte schien von einem bestimmten Punkt weit in der Ferne auszugehen – einem Berg. Der Gipfel war schneebedeckt und auf den Hängen lag Eis.

„Seht ihr das dort drüben?", sagte sie und zeigte darauf.

„Das ist der Funkelberg", sagte Feuerfünkchen. „Er ist ein Vulkan. Normalerweise ist es dort herrlich warm, doch nun wirkt er eiskalt!"

„Die Kälte kommt von dort", sagte Emily. „Deshalb glaube ich, dass auch das Amulett dort ist. Bestimmt ist der Vulkan deshalb zu Eis erstarrt."

„Gut gemacht, Emily!", sagte Aisha. „Dann nichts wie hin!"

Feuerfünkchen wieherte aufgeregt und flog auf den Berg zu.

Während sie näher kamen, heulte der Wind lauter und verteilte die Schneeflocken in alle Richtungen. Aisha und Emily klammerten sich noch verzweifelter fest.

Als Feuerfünkchen schließlich über den Funkelberg glitt, sahen die Mädchen einen großen Krater auf dem Gipfel. Darin lag ein zugefrorener See.

„Ich kann es nicht glauben!", sagte Feuerfünkchen. „Sonst verschießt der Vulkan immer leuchtende bunte Funkenfontänen, wie ein Feuerwerk. Aber jetzt ist alles erstarrt! Sogar die Drachen sind fort. Sie sind meine Freunde. Wir schwimmen so gerne in den heißen Quellen an den Berghängen ..." Sie schaute nach unten. „Doch nun sind auch die zugefroren."

„Uff!“, keuchte Aisha. Etwas Kaltes, Hartes hatte sie am Hinterkopf getroffen. „Was war das denn?“

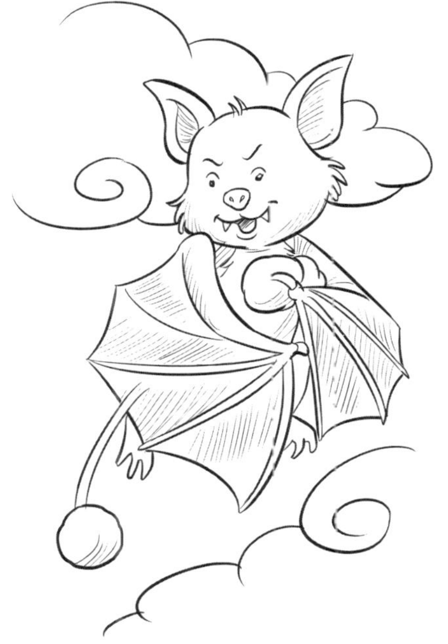

„Ein Schneeball, glaube ich“, sagte Emily und wischte weiße Flocken von Aishas Kapuze.

„O nein …“ Aisha zeigte auf einen dunklen Fleck am Himmel. „Das ist Flit!“

Die kleine Fledermaus kam hinter einer Wolke hervorgeflattert, zwei weitere Schneebälle in den Krallen. „Nehmt das!“, quiekte sie und feuerte auf Emily.

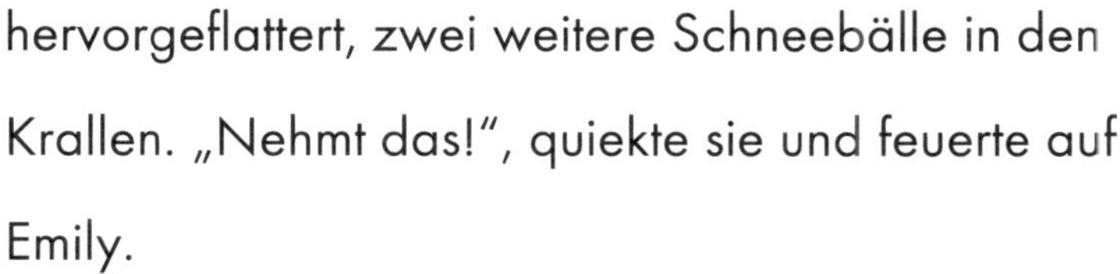

Emily wich aus, beugte sich dabei zu weit zur

Seite und verlor das Gleichgewicht. „Hilfe!", rief sie, als sie von Feuerfünkchens Rücken rutschte.

„Nein!", schrie Aisha. Sie griff nach Emilys Hand, doch es war bereits zu spät: Ihre Freundin purzelte in die Tiefe.

Plumps! Weich landete Emily in einer Schneewehe, gleich neben dem Krater. Sie wischte sich Schnee aus dem Gesicht und setzte sich lächelnd auf. „Mir geht's gut!", rief sie nach oben. Dann sah sie im zugefrorenen See weiter unten etwas glitzern. „Hier drüben!", schrie sie.

Feuerfünkchen flog zu ihr herunter und landete elegant neben Emily im Schnee.

Etwas schwindelig stieg Aisha ab. Als sie ins Taumeln geriet, hielt sie sich an einigen Felsen am Rand des Sees fest.

Ein Blick ins starre Wasser zeigte den Mädchen etwas Kleines, das im Eis gefangen war und in hundert verschiedenen Farben glühte.

„Das Amulett!", rief Emily.

„Und wir haben es nur dank Flit gefunden!", sagte Aisha grinsend. „Hätte er uns nicht mit Schneebällen beworfen, hätten wir es nie entdeckt."

„Ich wette, er wollte uns von dem Anhänger vertreiben", sagte Emily. „Ist gehörig nach hinten

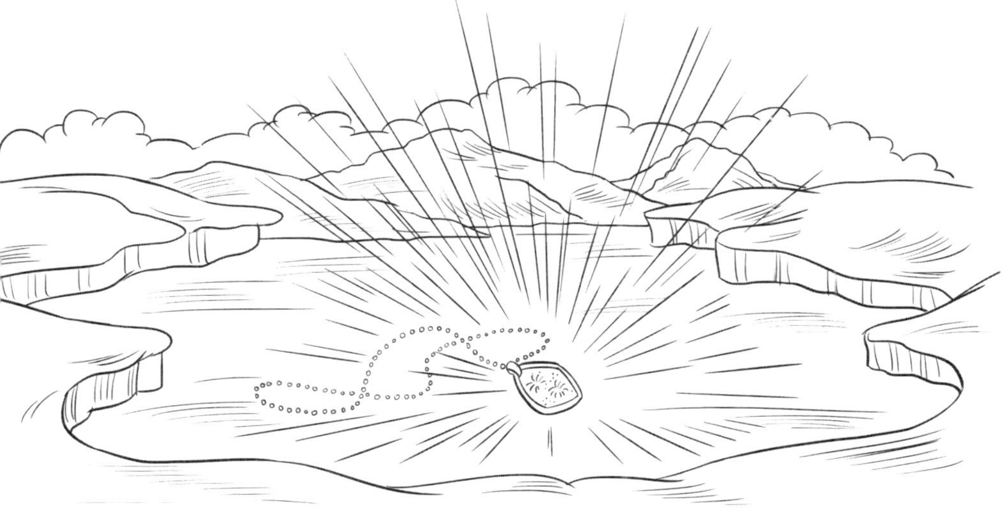

losgegangen." Sie winkte der Fledermaus, die noch immer wütend über ihnen flatterte. „Danke!"

„So ein Mist!", schimpfte Flit. Er schlug mit den Flügeln und zischte durch den fallenden Schnee davon.

Feuerfünkchen zuckte stirnrunzelnd mit dem Schweif. „Aber wie bekommen wir das Amulett da heraus?"

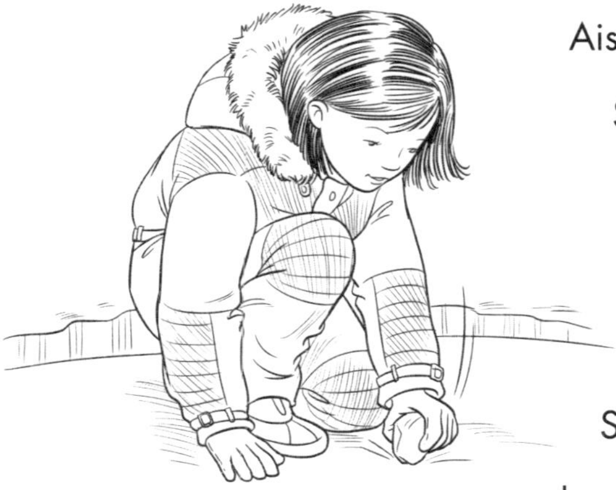

„Überlasst das mir!", sagte Aisha. Sie hob einen großen Stein auf, der neben dem See lag, und ging vor der Eisschicht in die Hocke. Sie benutzte den Stein wie einen Hammer ... aber es war vergeblich. Das

Eis gab nicht nach. Wieder und wieder versuchte sie es, doch der Stein hinterließ kaum mehr als eine kleine Delle. Schließlich legte Aisha ihn zur Seite. „So klappt das nicht", sagte sie seufzend. „Und jetzt?"

Emily dachte angestrengt nach. „Ich weiß was!", sagte sie endlich. „Wenn wir das Eis nicht aufbrechen können, müssen wir es eben schmelzen! Dann können wir den Anhänger herausfischen."

„Das könnte funktionieren", meinte Aisha. „Allerdings brauchen wir dafür eine Menge Hitze." Sie machte ein nachdenkliches Gesicht, doch dann hellte ihre Miene sich auf, als ihr eine Idee kam. „Feuerfünkchen, können deine Drachenfreunde auch Feuer spucken?"

Feuerfünkchen schüttelte aufgeregt ihre Mähne.

„Na klar! Die Idee ist großartig! Ich rufe sie gleich." Das Einhorn stampfte dreimal mit dem Huf und stieß ein Wiehern aus, das klang, als würden Glocken läuten.

Wenig später tauchten drei große schimmernde Wesen aus den Wolken auf. Die Mädchen schauten staunend zu, wie die Drachen mit wehenden Schwänzen ihre Kreise zogen.

„Ich habe noch nie einen Drachen getroffen", sagte Emily mit großen Augen.

„Ich auch nicht!", sagte Aisha.

„Sie sind sehr nett", versprach Feuerfünkchen.

Die Drachen landeten gleichzeitig und falteten die großen, glänzenden Flügel. Aus der Nähe sahen Emily und Aisha, dass sie so groß wie Busse waren und freundliche blaue Augen hatten. Sie zitterten vor

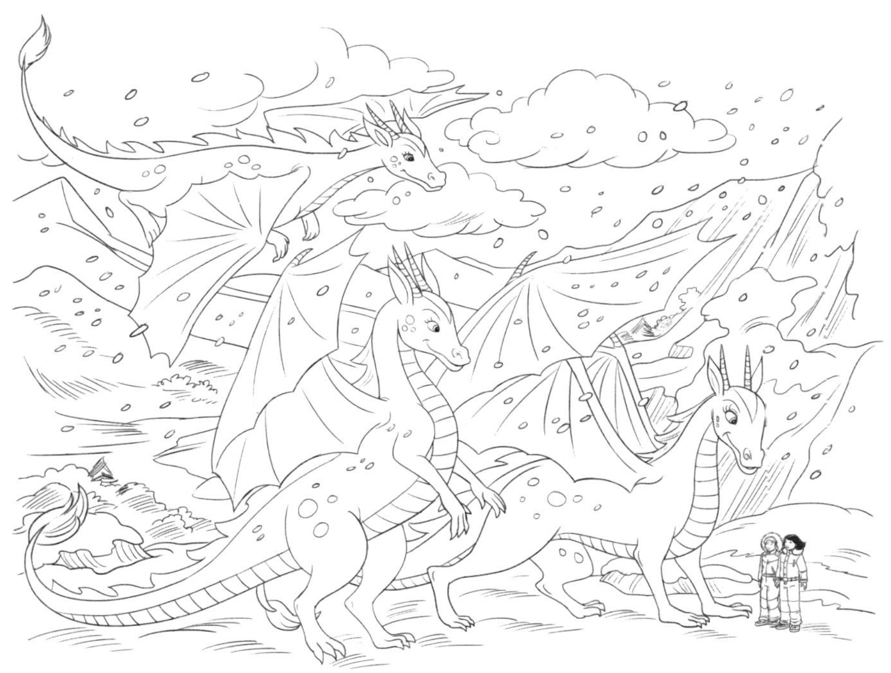

Kälte. Ihre Rücken waren mit Frost bedeckt und auf ihren Wimpern sammelten sich Schneeflocken.

„Hallo, Drachen!", begrüßte Feuerfünkchen sie. „Das hier sind meine Freundinnen Aisha und Emily." Sie drehte sich zu den Mädchen um. „Dies ist Feuerwind", sagte sie und nickte dem ersten Drachen zu, der golden war. „Und das sind

Rauchbart und Zackenruß." Sie nickte zu dem silbernen, dann zu dem bronzefarbenen Drachen.

„H...h...hallo, Feuerfünkchen", sagte Rauchbart mit klappernden Zähnen. „Bist du hier, um es wieder warm zu machen?", fragte er.

„Zumindest würde ich das gerne", erklärte Feuerfünkchen. „Nur hat Selena mein Amulett eingefroren." Sie zeigte mit einem Huf auf den Krater.

„Diese g...g...gemeine Selena!", schimpfte Feuerwind. „Jetzt ist unser schönes warmes Zuhause g...g...ganz eingefroren."

„Helft ihr uns, sie aufzuhalten?", fragte Aisha tapfer.

Der Bronzedrache namens Zackenruß sah Aisha an. „Ja, M...m...menschlein. Was können wir tun?"

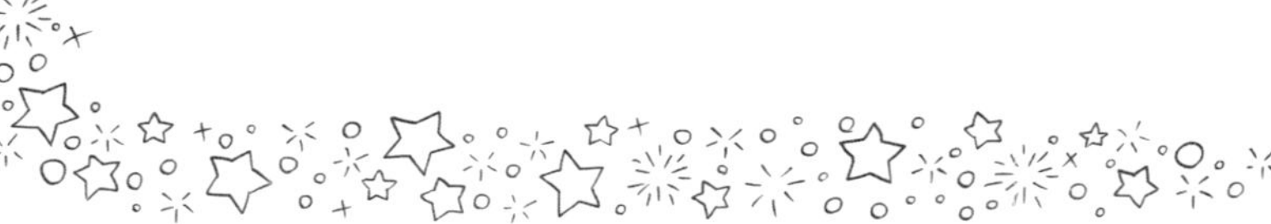

„Könnt ihr das Eis mit eurem Atem auftauen?", bat Emily.

„W...w...wir wollen es gerne versuchen", antwortete Rauchbart. „N...n...nicht wahr?"

Die anderen beiden Drachen nickten. Dann machten sie die Hälse lang wie Giraffen, bis sich ihre Köpfe direkt über dem vereisten See befanden. Gemeinsam pusteten sie los ...

Pffffft!

Drei kleine Schneeflocken kamen aus ihren Mäulern und schwebten aufs Eis hinab.

„Es bringt nichts", sagte Rauchbart traurig. „Wir sind so ausgekühlt, dass wir kein F...f...feuer mehr in uns haben."

Die Mädchen verloren den Mut. Ohne Feuer konnten sie das Eis unmöglich schmelzen.

„Mir fällt gerade etwas ein", sagte Feuerfünkchen. „Einen gibt es, der die Glut der Drachen neu entfachen könnte. Aber ich habe ihn schon sehr lange nicht mehr gesehen. Ich weiß nicht, ob er uns helfen wird."

„Einen Versuch ist es wert. Wir müssen alles probieren", fand Aisha. „Kannst du uns zu ihm bringen?"

Feuerfünkchen stampfte mit dem Huf auf den Schnee. „Springt auf!"

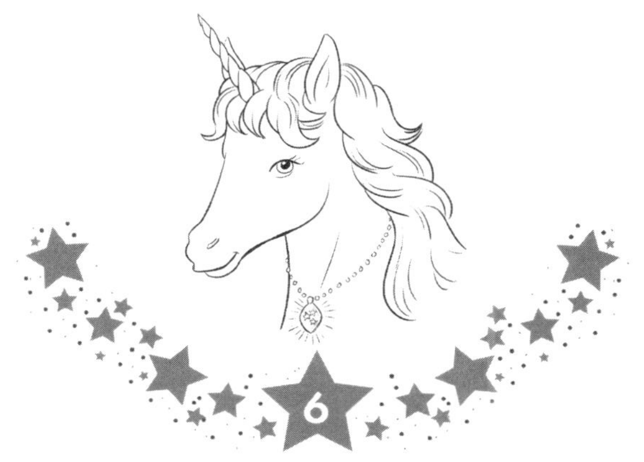

Der Stinketrank

„Zu wem bringst du uns?", fragte Emily, als sie durch den fallenden Schnee den Hang hinabflogen.

„Er heißt Hob und ist ein Kobold", antwortete Feuerfünkchen. „Er ist sehr alt und sehr weise. Außerdem wohnt er ganz in der Nähe."

„Hoffentlich hilft er uns", sagte Aisha.

Feuerfünkchen flog zu einen Wald hinunter. Hier

und da ragten Baumwipfel aus dem Schnee. Sie sah sich um und stampfte mit den Hufen. „Komisch“, sagte sie. „Ich bin sicher, sein Zuhause war irgendwo hier ...“

In diesem Moment hörten die Mädchen ein Geräusch.

„Was war das?“, fragte Aisha.

„Klang, als würde jemand um Hilfe rufen!“, antwortete Emily.

Verwirrt blickten sie sich um. Dann ertönte der Ruf erneut.

„Ich glaube, es kommt von unter dem Schnee“, sagte Aisha.

Schnell stiegen die Freundinnen ab und begannen zu graben. Feuerfünkchen half mit, indem sie mit ihren Vorderhufen den Schnee zur Seite schob.

„Schaut mal!", rief Aisha, als sie einen ganzen Armvoll Schnee wegschaufelte. Dahinter lag eine dunkle Höhlenöffnung. Der Schnee hatte sie komplett unter sich begraben gehabt.

„Hilfe!", hörten sie die Stimme noch einmal, diesmal lauter.

Im Innern der Höhle leuchtete ein Licht. Dann tauchte ein komisches kleines Wesen mit einer altmodischen Laterne in der Hand auf. Es trug einen langen purpurroten Umhang und einen spitzen Hut mit silbernen Sternen darauf.

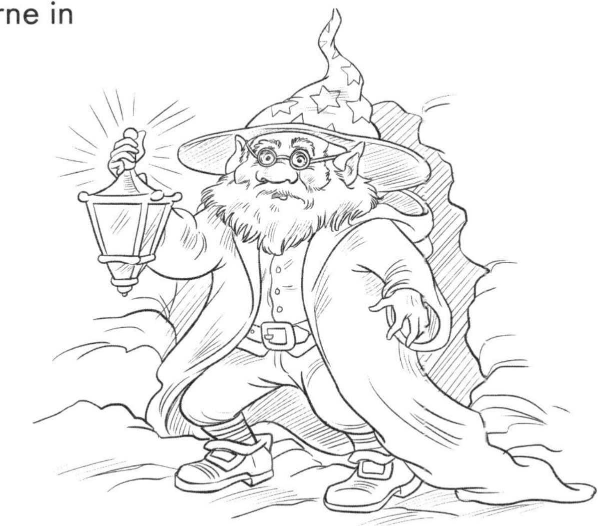

Sein Gesicht war grün und voller Falten, und es war wenig mehr als halb so groß wie Aisha und Emily.

„Das ist Hob!", stellte Feuerfünkchen den kleinen Kerl vor.

„Ach du meine Güte, danke!", quiekte er und schob sich die Brille auf der Nase zurecht. „Ich hatte schon Angst, ich würde nie wieder aus diesem Schnee herauskommen!"

„Gern geschehen", sagte Emily. „Schön, dich kennenzulernen."

„Ich bin Aisha und das ist Emily", sagte Aisha. „Wir wollen dich um Hilfe bitten."

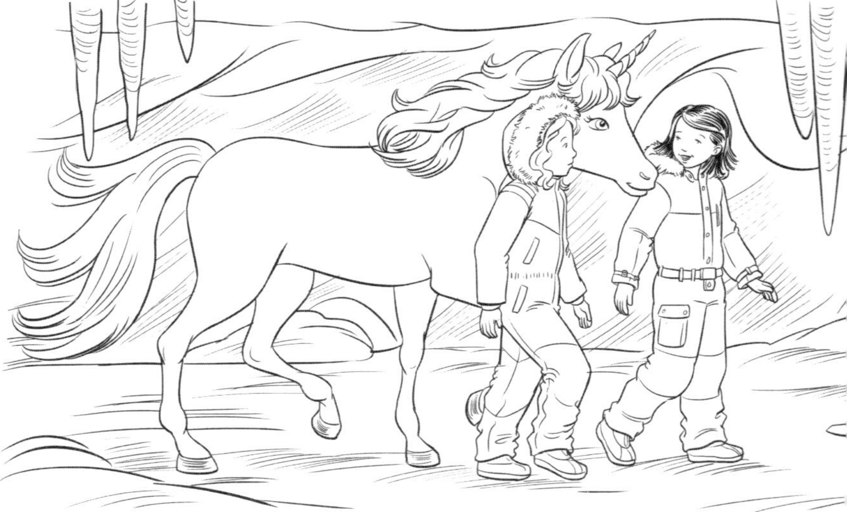

„Hmmm", machte Hob nachdenklich. „Ich bekomme nicht gerade häufig Besuch ... aber immerhin habt ihr mich ausgegraben. Na schön – kommt rein!"

Ein Liedchen summend, eilte Hob durch einen breiten dunklen Tunnel. Feuerfünkchen und die Mädchen folgten ihm.

Der Gang führte in eine große Höhle. An der Decke funkelten Laternen und Kristalle. Auf einigen Felsen waren schiefe Holzregale aufgebockt, die

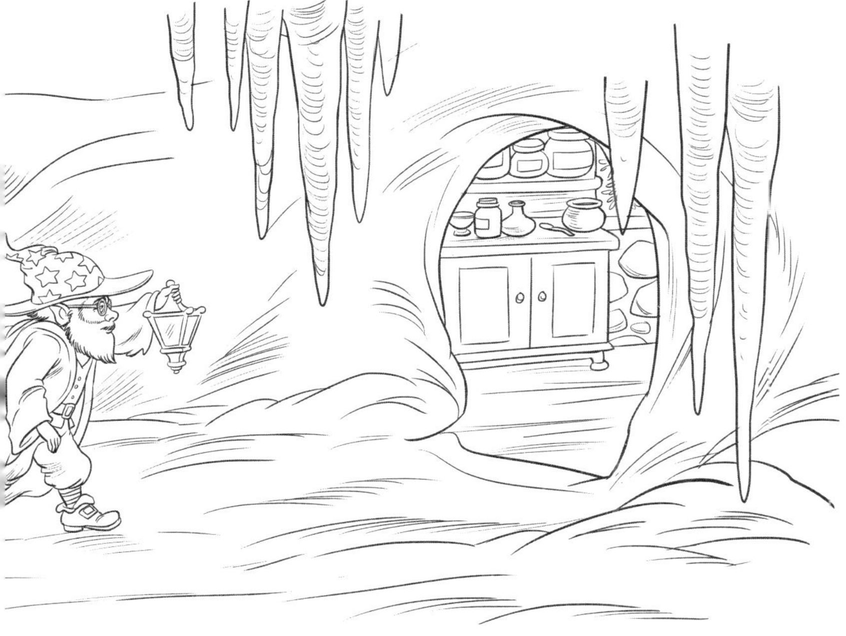

regelrecht überquollen mit kleinen Gläsern und Flaschen mit seltsamem Inhalt.

Emily schaute sich die Behälter näher an. So viele wissenschaftliche Bücher sie auch gelesen hatte, so etwas wie das hier hatte sie noch nie gesehen. „Was ist Spinnfaden-Glimmer?“, fragte sie.

„Und hier steht Kometenstaub ...“ Aisha wunderte sich.

„Alles Zutaten für meine Zaubertränke!“, antwortete Hob, der sich die Hände rieb.

„Genau deswegen sind wir hier“, sagte Feuerfünkchen. „Könntest du für uns einen Trank brauen?“ Schnell erklärte sie, was passiert war.

„Deshalb müssen die Drachen das Eis für uns schmelzen. Nur so bekomme ich mein Amulett zurück“, beendete Feuerfünkchen ihren Bericht.

„Aber leider sind sie so ausgekühlt, dass sie statt Feuer nur noch Schnee spucken."

„Ach du liebe Güte, was für ein Schlamassel!", sagte Hob und rückte seine Hut gerade. „Dann wollen wir diesen Drachen mal einheizen! Ich bringe meinen Zauberkessel zum Kochen und ihr könnt die Zutaten zusammentragen."

Hob hängte einen geschwärzten Kessel über das Feuer und rief: „Zwei Krüge Waldtau, bitte! Und hundertzwanzig Gramm Spinnenseide!"

Aisha rannte umher und suchte die Zutaten, während Emily sie abwog und in den Kessel gab.

„Sehr gut!", lobte Hob, als er zusah, wie Emily etwas Silberstaub dazutat.

„Sie ist ein Naturtalent", meinte Aisha.

Emily wurde rot. „Es ist genau wie ein

wissenschaftliches Experiment", sagte sie. Doch als sie nach einer Flasche mit flüssigen Regenbogen griff, kam etwas kleines Schwarzes aus dem Schatten gesaust und nahm sie ihr weg. „He!", keuchte sie erschrocken.

„Schon wieder dieser Flit!", rief Aisha.

Tatsächlich flatterte auf einmal Selenas Fledermaus durch die Höhle. Das Fläschchen mit den flüssigen Regenbogen hielt sie fest in den Krallen. Aisha wollte Flit packen, doch er flog einfach höher. „Die gehört jetzt mir!", quiekte er siegessicher. „Euer Stinketrank wird niemals fertig!"

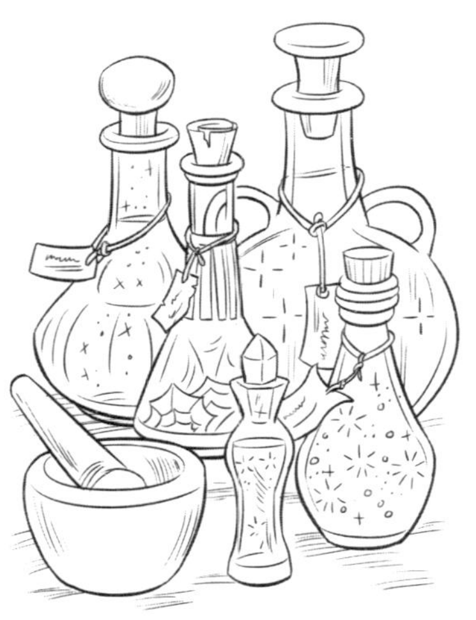

„Bestimmt ist er uns heimlich nachgekommen", sagte Emily.

„Was machen wir denn jetzt? Wir kommen nicht an ihn ran."

Da erfüllte ein warmes, blendend helles Licht die Höhle. Als die Mädchen sich umdrehten, stellten sie fest, dass es aus Feuerfünkchens Horn drang. Es leuchtete wie eine Fackel.

„Pfui!", fiepte Flit. „Das ist zu hell!"

Er wollte sich mit den Flügeln die Augen zuhalten und ließ dabei die Flasche fallen. Trudelnd stürzte sie in Richtung Felsenboden …

Wumms! Im letzten Moment fing Aisha sie mit einem Hechtsprung auf, wie ein Torwart einen Fußball. Sie hielt die Flasche ganz fest.

„Super gehalten!", jubelte Emily.

Hob schnappte sich einen Besen und hieb damit nach Flit. „Raus mit dir, du kleiner Quälgeist!"

Unter wütendem Kreischen zischte Flit durch den Tunnel und verschwand.

„Mann, war das knapp!", sagte Aisha.

„Du hast es geschafft, Feuerfünkchen!"

Das Einhorn stampfte auf den Boden und wirkte sehr zufrieden.

Rasch mischte Hob die flüssigen Regenbogen in den Trank im Zauberkessel. Dann holte er aus seinem Umhang ein Fläschchen aus Glas und füllte den Trank mit einem Löffel ab. Er war zäh, lila und roch sehr merkwürdig – ein bisschen wie saure Milch, vermischt mit faulen Bananen.

„Er schmeckt besser, als man glaubt", versprach Hob, als er Aisha die Flasche reichte. „Und jetzt viel Glück euch dreien! Das Schicksal aller Wesen im Verwunschenen Tal hängt von euch ab!"

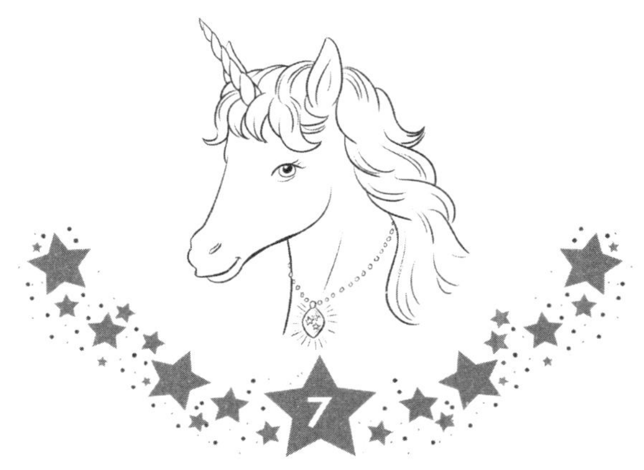

Ewiges Eis

Draußen heulte der Wind und Schnee fegte vom Himmel, als Feuerfünkchen sich mit Emily und Aisha auf dem Rücken in die Luft schwang. Doch sofort stieß der Wind sie zurück auf den verschneiten Boden. „O nein!", schnaubte das Einhorn. „Bei diesem scheußlichen Wetter kann ich nicht fliegen."

„Dann müssen wir eben laufen", rief Aisha

über den brausenden Wind. „Wir müssen das Verwunschene Tal retten!"

Emily, Aisha und Feuerfünkchen kämpften sich

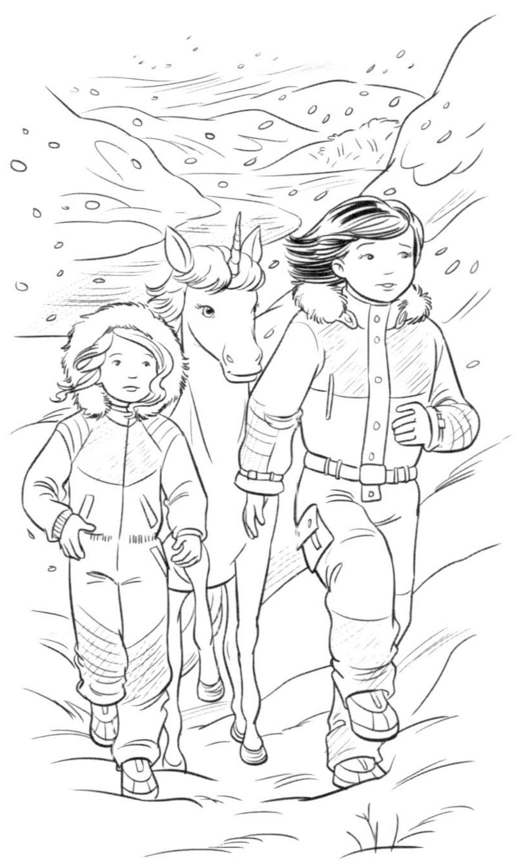

den Berghang hinauf. Der Krater schien unendlich weit entfernt. Schließlich hielt Emily keuchend an. „Ich weiß nicht, ob ich das schaffe", sagte sie traurig.

„So geht das nicht", entschied Feuerfünkchen. „Aber die Drachen können euch tragen!"

„Und was ist mit dir?", fragte Emily.

Feuerfünkchen schüttelte

den Kopf. „Einhörnern macht es nichts aus, andere zu tragen, dafür geben wir keine guten Reiter ab! Ich weiß, ihr Mädchen werdet einen Weg finden, das Amulett zu retten."

Sie stampfte dreimal mit dem Huf auf und wieherte. Doch diesmal kamen keine Drachen durch den Schnee gefegt.

„Wo sind sie?", wunderte sich Feuerfünkchen.

„Ich wette, sie haben es nicht gehört", meinte Emily. „Der Wind ist schrecklich laut."

„Was, wenn wir es gemeinsam versuchen?", schlug Aisha vor.

„Guter Einfall", meinte Feuerfünkchen. „Bereit? Los geht's!"

Die Mädchen stampften mit den Füßen und Feuerfünkchen mit den Hufen. Dann wieherte

Feuerfünkchen und die beiden Freundinnen pfiffen so laut sie konnten.

Sie spähten durch das Schneetreiben, doch außer Weiß gab es nichts zu sehen. Sie versuchten es noch mal, diesmal pfiffen sie länger.

Feuerfünkchen ließ den Kopf hängen. „Es hat wohl nicht funktioniert."

Doch da kamen drei leuchtende Wesen hinter einer Wolke hervorgesaust.

„Die Drachen!", rief Emily.

Und wirklich: Feuerwind, Rauchbart und Zackenruß glitten auf sie zu.

„Hallo, ihr drei!", donnerte Rauchbart, als die drei– *Rumms!* – im Schnee landeten.

„Sieht ganz so aus, als könntet ihr H...h...Hilfe brauchen", stellte Feuerwind bibbernd fest. „St...st...

steigt auf. Wir fliegen euch r…r…ratzfatz zurück zum Krater!“

Emily und Aisha tauschten einen nervösen Blick. Doch sie hatten keine Zeit zu verlieren. Also kletterte Aisha auf Rauchbart und Emily auf Feuerwind. Die Schuppen der Drachen waren eiskalt und nicht annähernd so bequem wie das weiche, warme Fell von Feuerfünkchen. Trotzdem klammerten sich die Mädchen mit aller Kraft fest.

„Ich warte so lange bei Hob“, sagte Feuerfünkchen. „Viel Glück, Mädchen!“

Dann erhoben sich die Drachen unter gewaltigem Rauschen in den Himmel. Emily und Aisha spürten, wie sich unter ihnen die gigantischen Flügel bewegten, während sie immer näher auf den Gipfel zuflogen.

Wenig später glitten sie hinab und landeten am Kraterrand. Feuerfünkchens Amulett war noch da, tief vergraben im Eis.

Die Freundinnen rutschten zu Boden. Aisha holte das Fläschchen hervor und Emily goss jedem Drachen einige Tropfen ins Maul.

„Das schmeckt l…l…lecker!", sagte Zackenruß.

„Aber hat es auch gewirkt?", wollte Aisha besorgt wissen.

Die Mädchen warteten mit angehaltenem Atem. Doch die Drachen sahen noch genauso kalt und durchgefroren aus wie vorher.

Plötzlich passierte etwas Merkwürdiges. Auf den Köpfen der Drachen tauchten Wollmützen aus glühend goldenem Licht auf. Es folgten dicke goldene Schals, die sich um ihre Hälse legten.

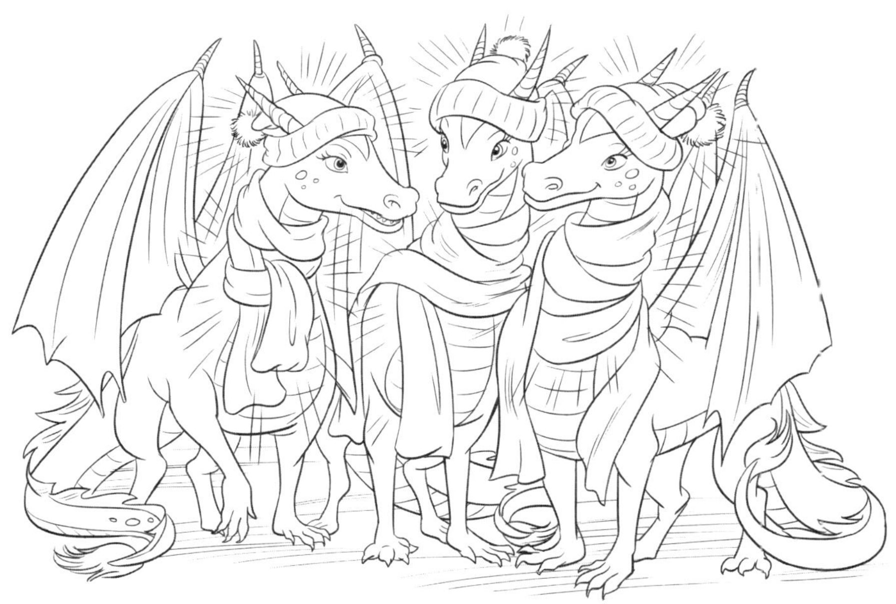

„Mir ist warm!“, rief Rauchbart.

„Mir auch!“, freute sich Zackenruß.

„Das ist schon viel besser!“, meinte Feuerwind. „Dann los, jetzt alle zusammen. Eins ... zwei ... drei!“

Mit vereinten Kräften spuckten die Drachen Feuer in den Krater.

ZISCH! Drei gewaltige Feuerfontänen zischten über das Eis. Aisha und Emily staunten und wichen vor der plötzlichen Hitze etwas zurück. Eine große Dampfwolke stieg auf. Die Mädchen beobachteten, wie sich ganze Eisbrocken voneinander lösten und darunter Wasser brodelte.

Als sich der Dampf legte, spähten die Mädchen nervös in den See. Das Amulett war befreit! Allerdings sank es nun schnell in die Tiefe und verschwand immer weiter im Wasser ...

„Oh-oh!", keuchte Aisha.

„Wenn wir es nicht bekommen, ist der Sommer für immer verloren!", sagte Emily. „Was machen wir nur?"

„Ich springe rein und hole es!", beschloss Aisha. Schon schlüpfte sie aus ihrem magischen Schneeanzug, den Stiefeln und Handschuhen, bis sie nur noch in Leggins und Shirt dastand.

„Sei vorsichtig!", schrie Emily.

Aisha holte tief Luft, nahm Anlauf und sprang.

PLATSCH! Sie tauchte tief ins Wasser ein. Der Anhänger war unter ihr. Im Sinken zog er die silberne Kette hinter sich her ...

Aisha trat mit den Beinen und schnappte ihn sich. Dann stieg sie mit angehaltenem Atem wieder nach oben, bis sie an der Oberfläche war.

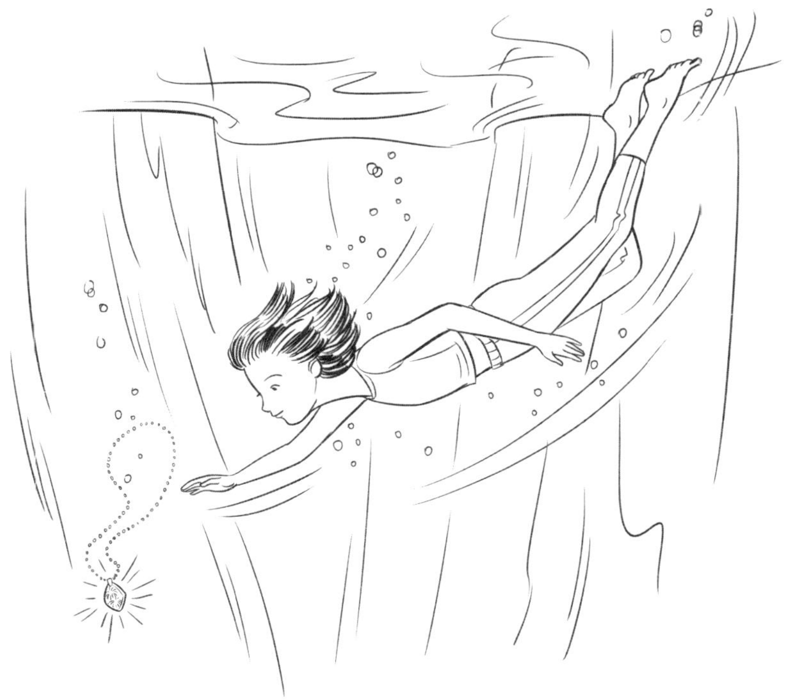

Emily nahm Aishas Arm und zog ihre Freundin ans Ufer. „Du hast es geschafft!", jubelte sie. „Geht's dir gut?"

Aisha nickte schlotternd. „Aber mir i…i…ist kalt!"

Schnell gab Feuerwind Emily seinen glühenden Schal, den sie Aisha um die Schultern legte.

Angenehme Wärme breitete sich in Aisha aus und das Wasser in ihrer nassen Kleidung war im Nu verdampft. „Wow", staunte sie. „Ich bin trocken."

„Puh!", machte Emily und half Aisha dabei, Schneeanzug und Stiefel wieder anzuziehen. „Das war so mutig von dir! Jetzt müssen wir das Amulett nur noch zu Feuerfünkchen bringen."

„Steigt auf", sagte Zackenruß. „Wir fliegen euch in Windeseile hin."

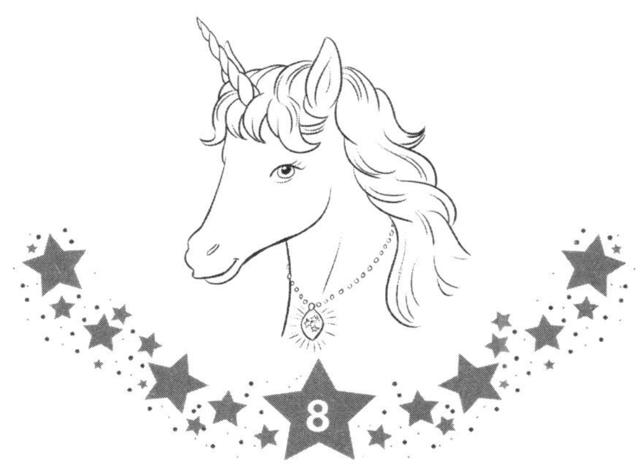

Wahre Freundinnen

Schon bald darauf erreichten sie das Zuhause von Hob. Emily und Aisha flitzten durch den Tunnel, um Feuerfünkchen und den kleinen Kobold zu suchen. Sie fanden sie in der Höhle am Feuer.

„Was ist passiert?", wollte Feuerfünkchen neugierig wissen. „Habt ihr mein Amulett gerettet?"

Aisha grinste und hielt den Anhänger hoch.

Feuerfünkchen wieherte aufgeregt und Aisha hängte ihr die Kette wieder um den Hals.

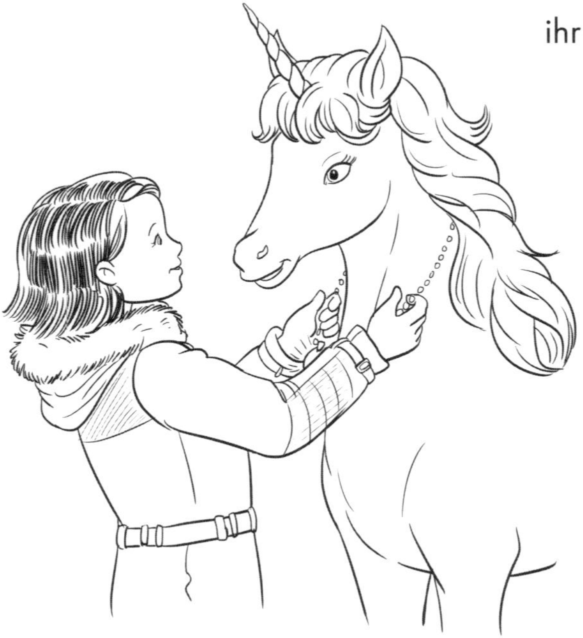

Sofort begann Feuerfünkchens Horn zu leuchten. Flammendes Rot breitete sich in ihrer Mähne und ihrem Schweif aus. Ihre Augen funkelten. Sie schüttelte den Kopf und schmiegte die Nase an Aishas und Emilys Wangen. „Danke, ihr beiden!", rief das Einhorn.

„Ihr habt es geschafft!", jubelte Hob und führte ein kleines Freudentänzchen auf. Zwar verlor er dabei seine Brille, doch das schien ihm nichts auszumachen.

Wieder im Freien, trauten die Mädchen kaum ihren Augen: Die Sonne war zurückgekehrt. Eis und Schnee schmolzen bereits. Sie konnten regelrecht zusehen, wie überall Gras und Felsen zum Vorschein kamen, während der Schneematsch verschwand.

„Der Sommer ist gerettet!", seufzte Feuerfünkchen glücklich. Emily und Aisha schlüpften strahlend aus den Winterklamotten, die Königin Aurora ihnen gegeben hatte. Es fühlte sich großartig an, die Sonne auf der Haut zu spüren.

„Seht euch Hobs Zuhause an!" Emily schnappte nach Luft.

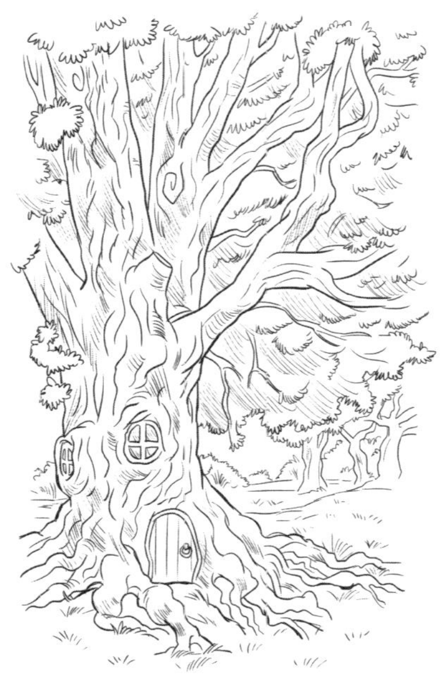

Als Aisha sich umdrehte, sah sie, dass der Eingang zum Heim des Kobolds gar keine Höhle war. Es war eine Lücke im Stamm einer gewaltigen alten Eiche, die komplett im Schnee versteckt gewesen war.

„Wartet's ab, Mädchen", sagte Feuerfünkchen. „Das Beste kommt erst!"

Fwuuuusch! Bzzzzzzipp! Bumm!

Die Mädchen wirbelten herum und staunten mit großen Augen. Aus dem Funkelberg schossen riesige Funken. Es glitzerte rot, gold und gelb am Himmel, als hätte jemand eine riesige Schachtel mit Silvesterknallern geöffnet.

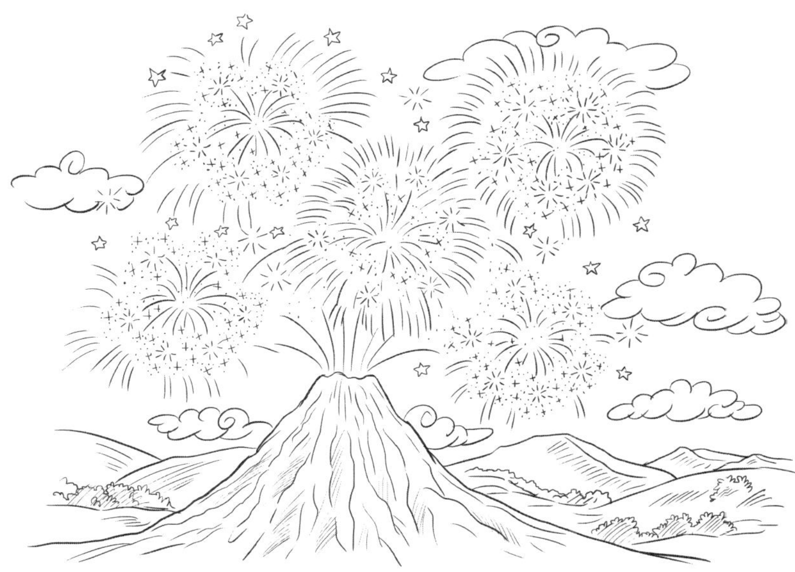

„Wie wunder-wunderschön!“ Aisha seufzte glücklich.

Die Drachen flogen hoch in die Luft und drehten vor Freude einige Runden im Kreis. „Hurra!“, jubelten sie. „Unser Zuhause ist wieder warm!“

Doch in diesem Augenblick kam jemand um den Berg geflogen. Den Mädchen wurde das Herz schwer. *Selena!* Ein Stückchen hinter ihr folgte Flit,

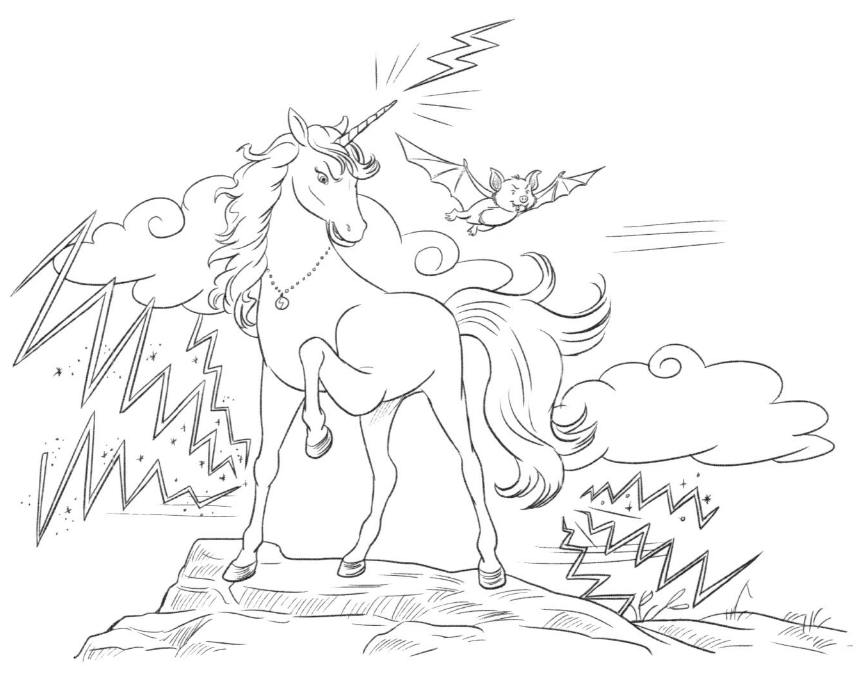

der verzweifelt mit den Flügeln flatterte, um nicht ganz zurückzufallen.

„Ihr Plagegeister von Menschen!“, kreischte das silberne Einhorn schrill. Selena landete auf einem Felsen und stampfte wütend mit den Hufen. „Ihr glaubt im Ernst, ihr könnt mich aufhalten?

Drei Amulette gehören immer noch mir, vergesst das nicht! Die Einhörner müssen mich zur Königin machen!"

Flit landete neben Selena. „Was hab ich verpasst?", schnaufte er.

Selena rollte mit den Augen. „Alles!", keifte sie. Dann hob sie ab und sauste über den Himmel davon. Keuchend und prustend folgte ihre kleine Fledermaus.

„Sie hat recht", sagte Feuerfünkchen. „Sie hat noch immer drei unserer Amulette. Wir müssen sie uns zurückholen."

„Und das werden wir auch!", sagte Aisha entschlossen.

Emily nickte. „Wir geben euch unser Wort darauf."

Wenig später glitt Feuerfünkchen im Sinkflug auf den Goldenen Palast zu. Aisha und Emily ritten auf ihrem Rücken. Lächelnd betrachteten die Mädchen das Tal, das sich unter dem klaren blauen Himmel wieder grün und sommerlich vor ihnen ausbreitete.

Sobald Feuerfünkchen im Garten landete, galoppierten Königin Aurora und die übrigen Natureinhörner zu ihnen.

„Ihr habt es geschafft!", sagte Aurora und strahlte, als sie sah, wie Feuerfünkchens Amulett in der Sonne leuchtete. „Ihr seid wahre Freundinnen der Einhörner! Und nun, da der Sommer gerettet ist, ist es Zeit, zu feiern."

Alle jubelten. Der hellblaue Einhornkoch brachte den Kuchen, den er zuvor gebacken hatte. Alle versammelten sich zum Essen um den Tisch.

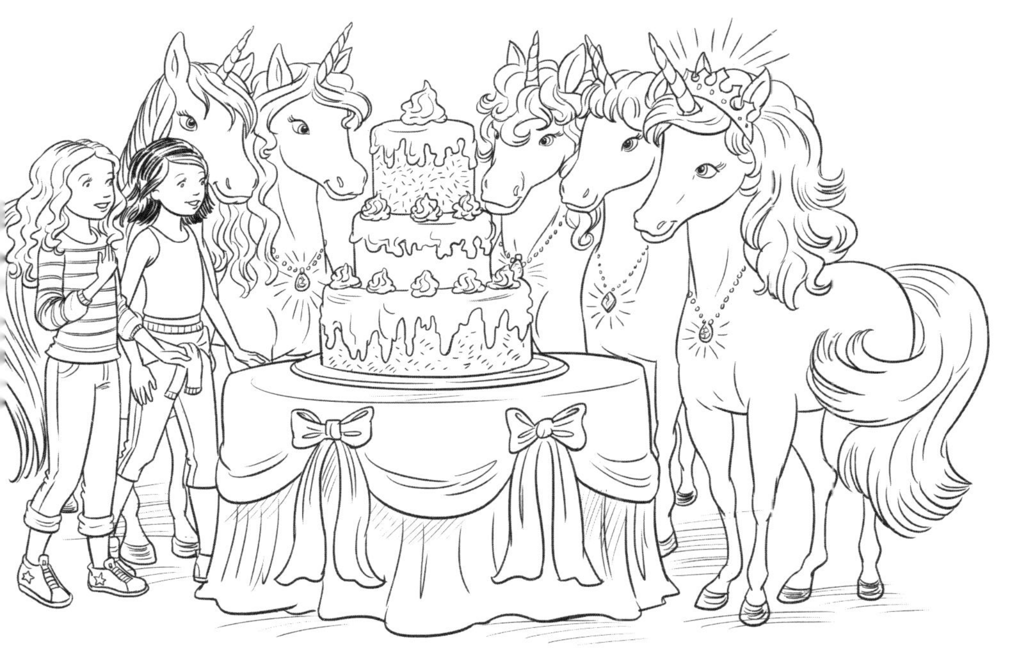

Der Kuchen hatte eine Schokoladenglasur und Regenbogen-Streusel. Er war lecker und saftig und überhaupt das Köstlichste, was Emily und Aisha je gekostet hatten. Beinahe, als steckte echte Magie darin ...

„Selena kann uns den Spaß nicht verderben", sagte Feuerfünkchen.

„Das Fest wird stattfinden", sagte Königin Aurora. „Egal, was kommt!"

Aisha aß ihr Stück Kuchen auf und seufzte. „Ich wünschte, wir könnten für immer hierbleiben."

„Oh-oh!", sagte Emily, als ihr ganz flau wurde. „Da fällt mir ein ... meine Eltern! Bestimmt suchen sie schon überall nach uns."

„Keine Sorge", sagte Aurora kopfschüttelnd. „Solange ihr im Verwunschenen Tal seid, steht in eurer Welt die Zeit still. Ihr kehrt genau an den Moment zurück, in dem ihr aufgebrochen seid. Dennoch ist es wahrscheinlich an der Zeit, dass ihr nach Hause geht. Ihr habt heute schon so viel geleistet."

„Aber was ist mit den anderen Amuletten?", fragte Aisha.

„Ihr werdet es wissen, wenn ihr zurück ins Tal kommen sollt", sagte Aurora geheimnisvoll. „Doch nun heißt es Auf Wiedersehen, Mädchen. Habt vielen Dank!"

Emily und Aisha nickten den vier Natureinhörnern zum Abschied lächelnd zu. Dann schlangen sie die Arme um Auroras Hals und drückten sie. Ihre goldene Mähne fühlte sich seidig weich an.

Dann begann Auroras Horn zu leuchten und zu funkeln. Sonnenlicht strömte heraus und hüllte die Mädchen ein, bis Emily und Aisha nur noch helles goldenes Strahlen sehen konnten.

Wuuuusch!

Rumms!

Emily und Aisha plumpsten schwer auf den Boden. Der Goldene Palast war fort. Sie hockten auf den

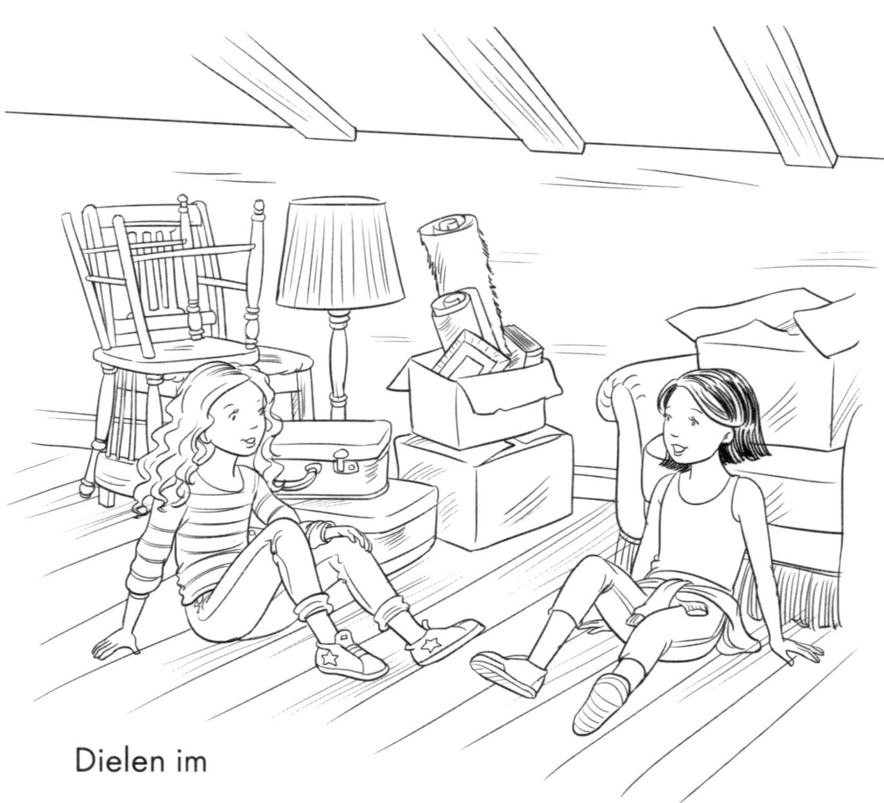

Dielen im
Dachboden des Verwunschenen
Häuschens. Durch das Dachfenster schien die Sonne.

Aisha schaute auf ihre Uhr. „Aurora hat recht", sagte sie. „Es ist genauso spät wie vorhin, als wir weggegangen sind."

„Dass es im Verwunschenen Häuschen Geheimnisse geben muss, war mir klar", sagte Emily. „Aber nie hätte ich an so etwas wie das Verwunschene Tal gedacht." Sie lächelte Aisha an. „Und ich hätte nie erwartet, hier eine so tolle Freundin zu finden."

Aisha drückte Emily fest an sich. Dabei entdeckte sie etwas, das über dem Sofatisch in der Luft schwebte. Es war das kleine Kristalleinhorn. „Guck mal!", hauchte sie.

Vor den Augen der Freundinnen drehte sich das Einhorn behutsam im Kreis und schimmerte in tausend Farben. Dann – *Klirr!* – explodierte es in einem Funkenregen, als wäre der Vulkan Funkelberg ausgebrochen.

Emily und Aisha blinzelten geblendet. Als sie

wieder sehen konnten, schwebten vor ihnen zwei winzige Einhörner in der Luft, jedes an einem silbernen Schlüsselring.

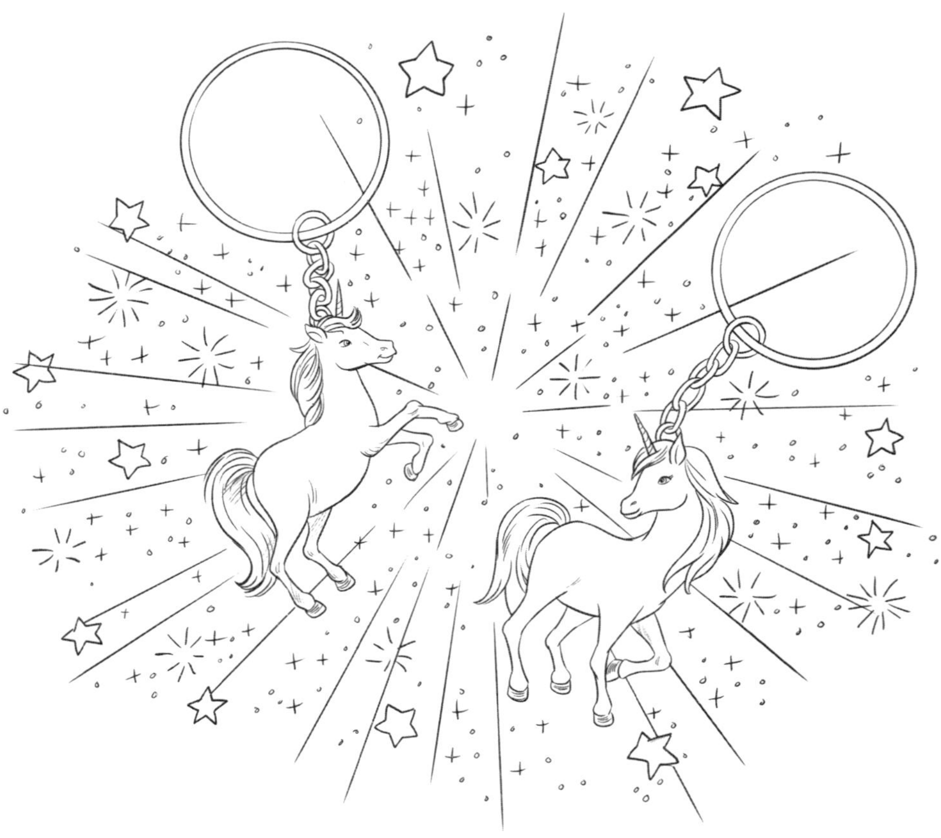

Sprachlos griffen die Mädchen danach. Jedes nahm sich eins der Einhörner.

„Weißt du noch, was Aurora gesagt hat?", fragte Emily, während sie ihren Schlüsselanhänger an ihrer Gürtelschlaufe befestigte.

Aisha nickte. „Wir würden schon wissen, wann wir zurückkommen sollen", antwortete sie. „Ich habe so das Gefühl, dass es uns diese kleinen Einhörner irgendwie verraten werden."

„Dann sollten wir sie am besten immer bei uns tragen", sagte Emily.

Die Stimme von Aishas Papa drang von unten zu ihnen herauf. „Aisha! Emily! Euer Kakao wird kalt!"

„Sollten wir deinen Eltern vom Verwunschenen Tal erzählen?", fragte Emily, als sie die Dachbodenleiter hinabstiegen.

Aisha lachte. „Wahrscheinlich würden sie uns sowieso nicht glauben. Das bleibt unser Geheimnis!"

Die Mädchen grinsten sich an.

„Wann, meinst du, gehen wir wieder hin?", überlegte Emily.

„So bald wie möglich, hoffe ich", antwortete Aisha. „Ich freue mich jetzt schon, noch mehr Einhornmagie zu erleben!"

Ende

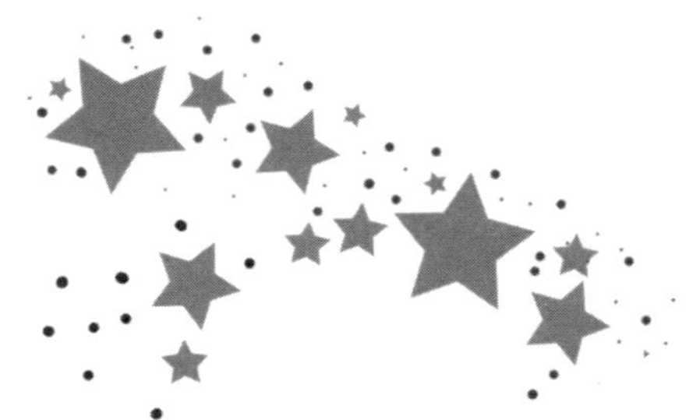

Daisy Meadows

Im Zaubertal der Einhörner

Schimmerhauch

Leseprobe

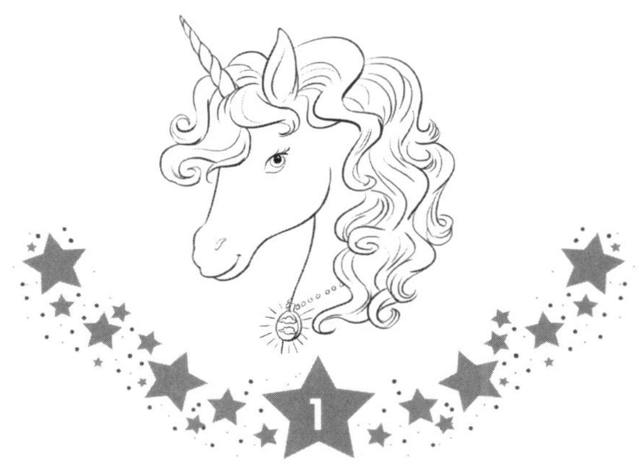

Ärger im Verwunschenen Tal

Aisha Khan zeigte zum Himmel.

„Guck mal!", sagte sie grinsend. „Da ist ein Elefant."

Aisha und ihre beste Freundin, Emily Turner, lagen im Gras vor dem Verwunschenen Häuschen und beobachteten die flauschigen Wolken, die am Himmel über ihnen vorbeizogen. Sie hielten

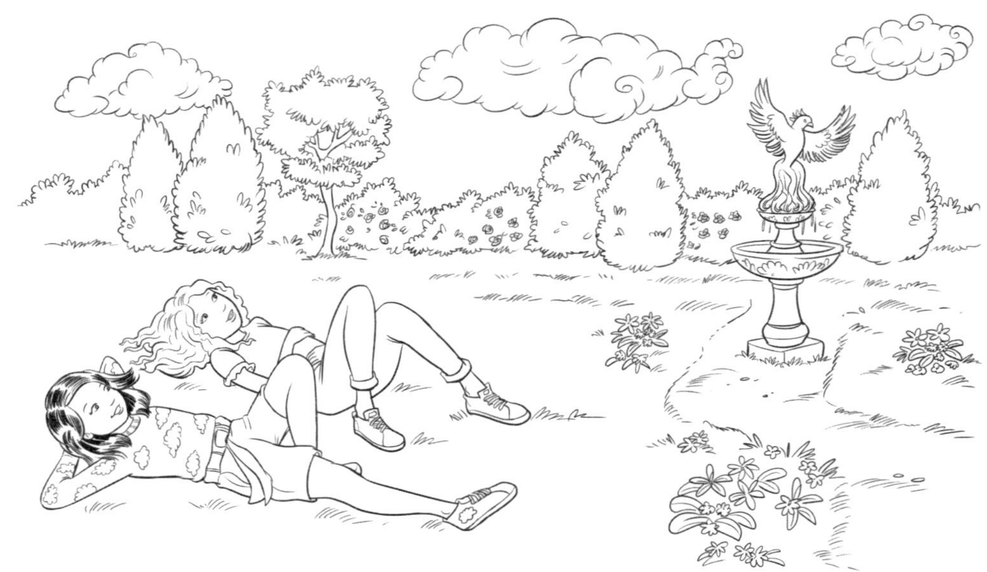

Ausschau nach solchen, die aussahen wie Tiere. Erst vor ein paar Tagen waren Aisha und ihre Eltern in das Dörfchen Wunderwald gezogen, trotzdem waren die beiden Mädchen schon richtig dicke Freundinnen. Gemeinsam hatten sie Aishas neues Zuhause, das Verwunschene Häuschen, erkundet – und das fantastische Geheimnis des alten Gebäudes herausgefunden …

„Sind die Wolken nicht hübsch?“, fragte Emily.

„Wusstest du, dass sie aus winzigen Wassertropfen bestehen?“ Emily liebte Naturwissenschaften, genauso wie Aisha Sport liebte.

„Cool!“, meinte Aisha. Dann schnappte sie laut nach Luft. „Schau dir die da an!“ Sie deutete auf eine große Wolke, die über der Phönixstatue in der Mitte des Vorgartens schwebte. Die Wolke hatte einen langen Schwanz, einen kräftigen Hals und zwei gewaltige Flügel. Mit der Schwanzspitze schien sie auf die ausgestreckten Schwingen des magischen Vogels am Boden zu zeigen.

„Wow!“, sagte Emily. „Eine Drachenwolke.“

Die Mädchen grinsten sich aufgeregt an. An Aishas erstem Tag im Dorf Wunderwald hatten sie auf dem Dachboden des Verwunschenen Häuschens ein wunderschönes Kristalleinhorn gefunden. Als ein

Sonnenstrahl auf die funkelnde Figur gefallen war, waren sie ins Verwunschene Tal getragen worden. Freundliche fliegende Einhörner herrschten über dieses traumhafte Reich, in dem es noch allerhand andere magische Wesen gab – wie Wichtel und Drachen!

„Ich kann es kaum erwarten, die Einhörner wieder zu besuchen", sagte Aisha seufzend. Sie nahm ihren Schlüsselring mit einem Kristalleinhorn daran aus der Tasche ihrer kurzen Hose. Er war ein Geschenk von Königin Aurora, der Herrscherin über das Tal. Das majestätische Einhorn hatte den Mädchen versprochen, dass sie schon sehr bald ins Verwunschene Tal zurückkehren würden. Nun holte auch Emily ihren Schlüsselanhänger aus der Jeanstasche.

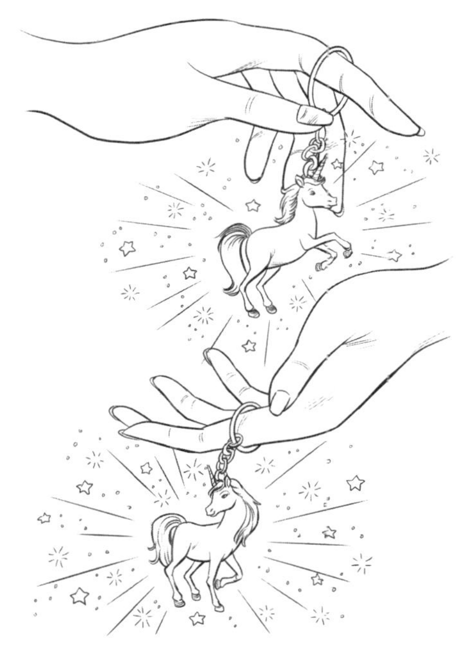

Plötzlich schien die Drachenwolke zu leuchten und sich aufzulösen. Mitten hindurch fiel ein heller Sonnenstrahl direkt auf die beiden Freundinnen. Die Schlüsselanhänger begannen zu glühen und zu funkeln wie magische Sterne.

Schnell sprangen die Mädchen auf. „Heißt das, Königin Aurora ruft uns?“, fragte Aisha und war ganz kribblig vor Aufregung.

Das will ich lesen!

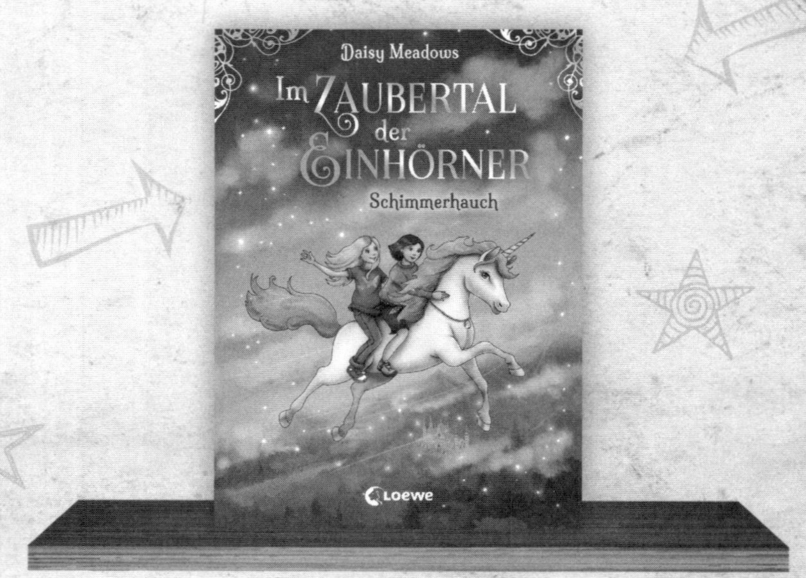

Band 2

ISBN 978-3-7432-0750-9

Komm mit ins Zaubertal der Einhörner!

Mit dem gestohlenen Amulett des Einhorns Schimmerhauch verpestet das böse Einhorn Selena die Luft im Verwunschenen Tal. Zusammen mit den magischen Fabelwesen müssen Emily und Aisha sich schnell etwas einfallen lassen, um Selena aufzuhalten, denn die Bewohner des Tals beginnen schon zu husten!

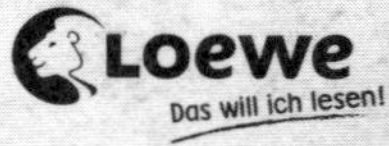

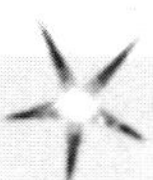

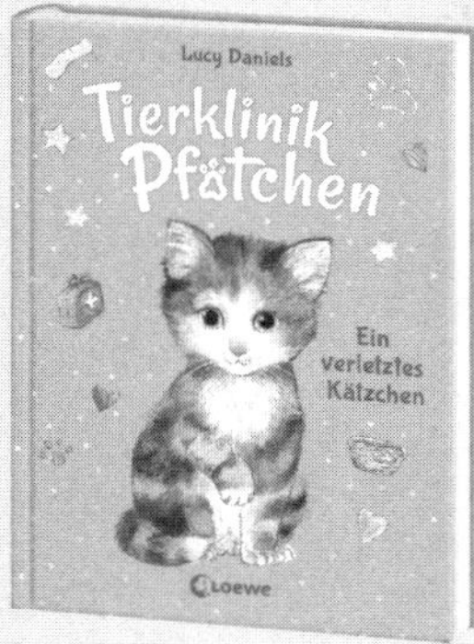

Band 1
978-3-7432-0543-7

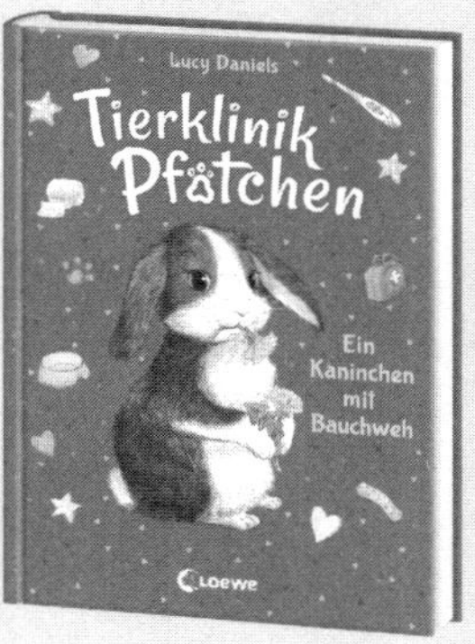

Band 2
978-3-7432-0544-4

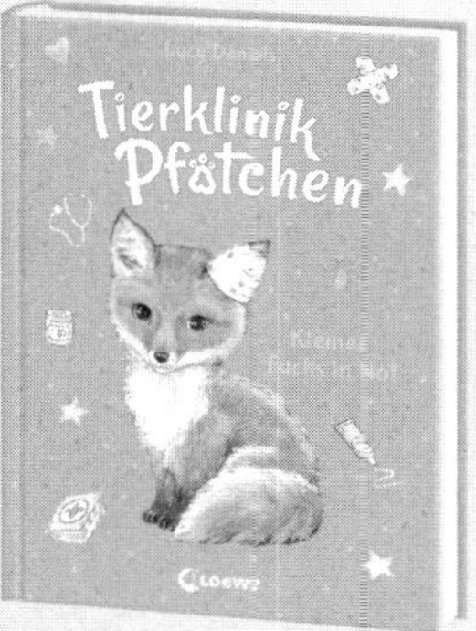

Band 3
978-3-7432-0545-1

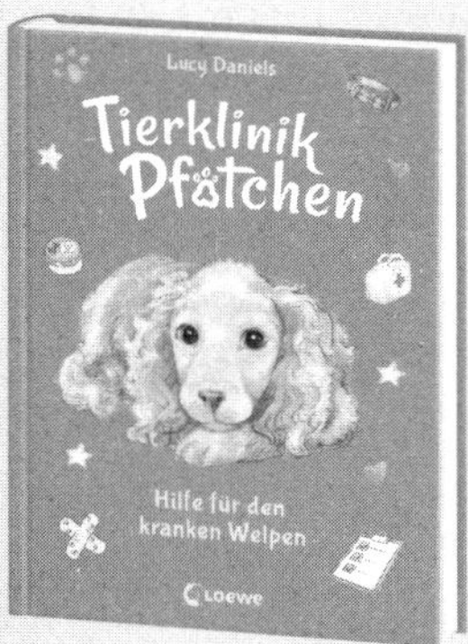

Band 4
978-3-7432-0546-8

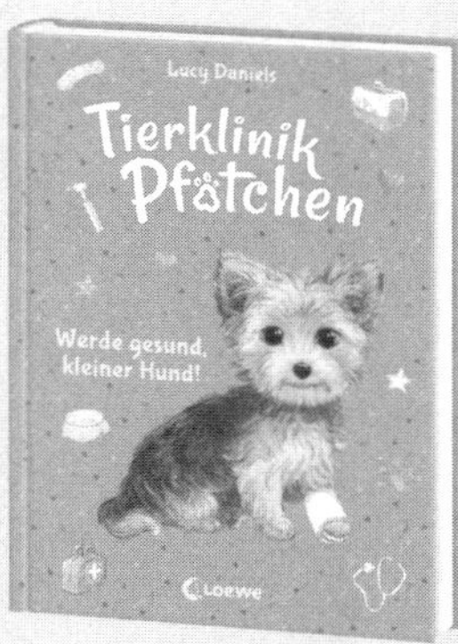

Band 5
978-3-7432-0942-8

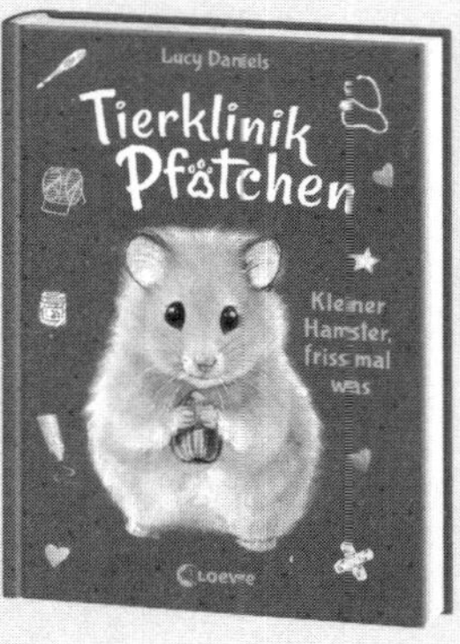

Band 6
978-3-7432-1022-6

Für die tierliebe Amelie geht ein Traum in Erfüllung, als sie die Tierklinik Pfötchen entdeckt. Dort hilft sie, süße Tiere zu verarzten und gesund zu pflegen.

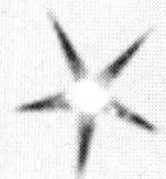

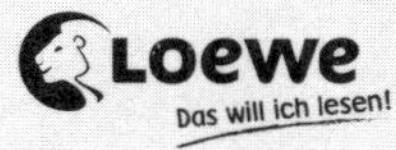

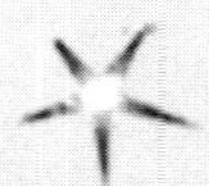

Das will ich lesen!

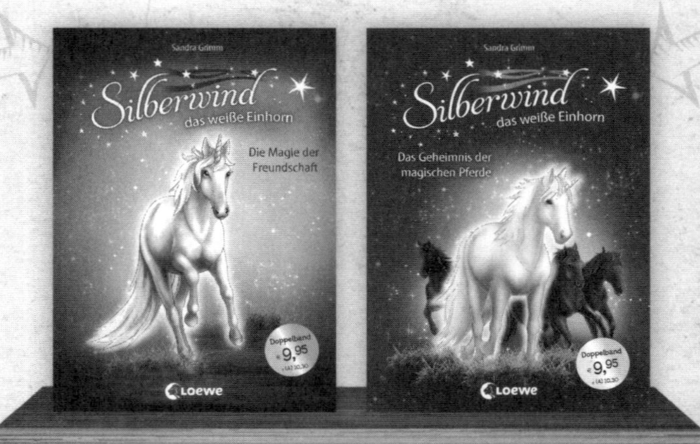

Doppelband 1
ISBN 978-3-7432-0606-9

Doppelband 2
ISBN 978-3-7432-0866-7

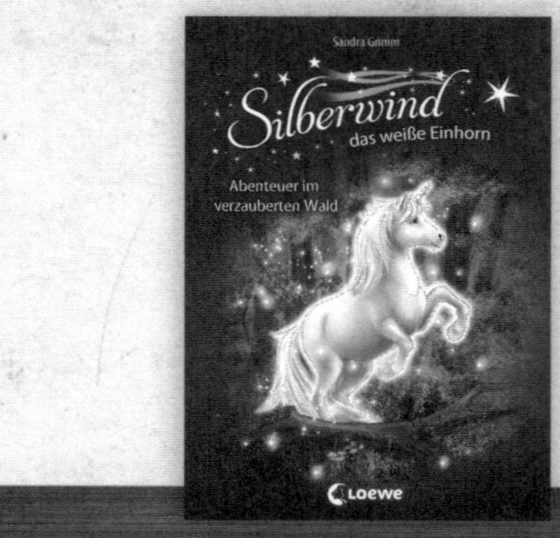

Doppelband 3
ISBN 978-3-7432-0867-4

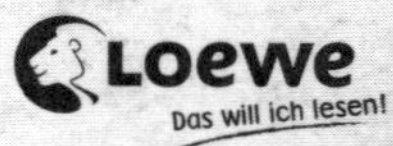

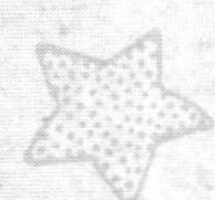

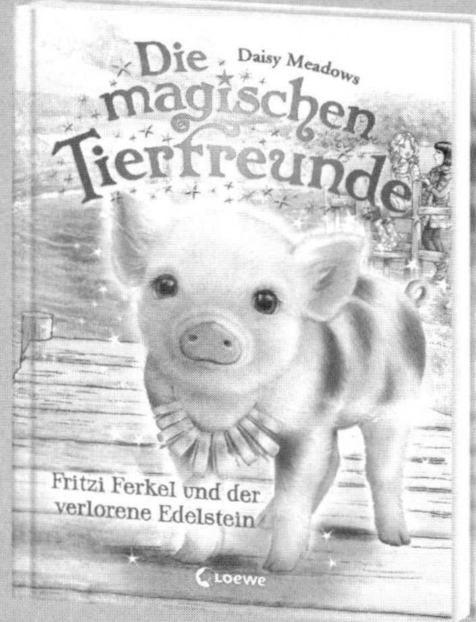

Band 14
978-3-7432-0562-8

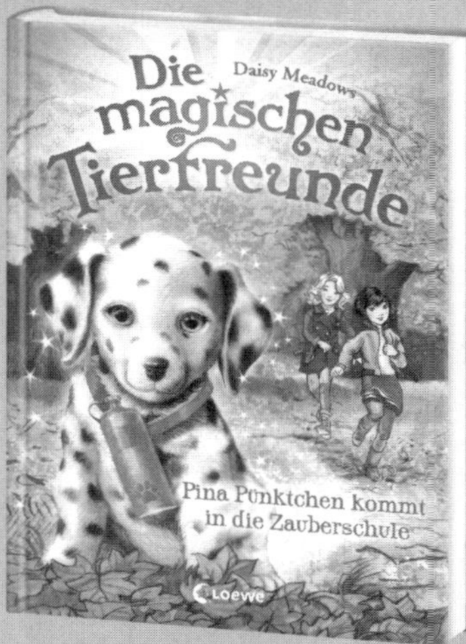

Band 15
978-3-7432-0767-7

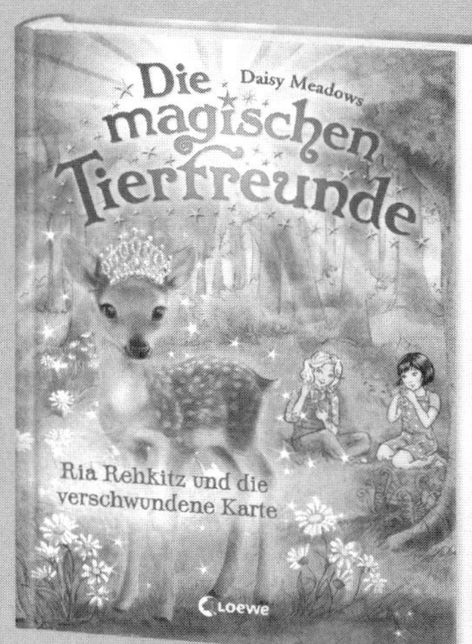

Band 16
978-3-7432-0832-2

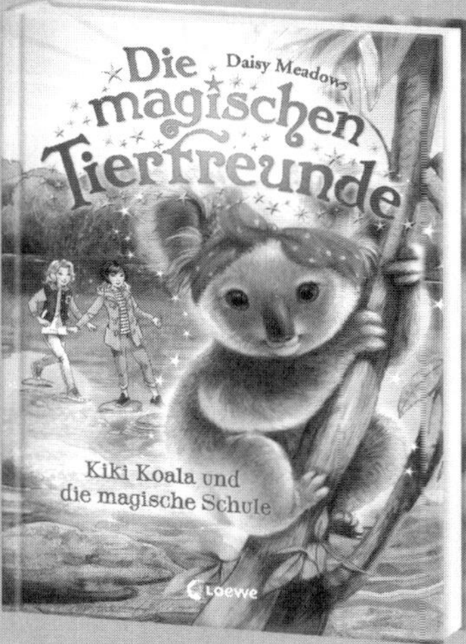

Band 17
978-3-7432-1153-7

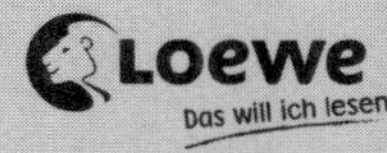

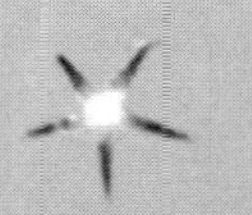